THÉATRE EN L'AIR.

ALBERT LE ROY.

THÉATRE EN L'AIR

LE PAYSAN EN CAGE, ARRANGÉ DU DANOIS.

LA SOCIÉTÉ DES LAIDS. — UNE MOITIÉ D'ÉLÉPHANT.

PARIS
ALPHONSE TARIDE, LIBRAIRE-ÉDITEUR,
GALERIE DE L'ODÉON.

1855

LE PAYSAN EN GAGE

COMÉDIE ARRANGÉE DU DANOIS [1]

PERSONNAGES :

DELAVOLERIE, 40 ans.
PERNILLE, 25 ans.
LE PAYSAN JEAN, 20 ans.
SON PÈRE.
SA MÈRE.
SOTAULARD, maître d'hôtel.
TROIS CONSEILLERS MUNICIPAUX.
MADAME DE L'ÉTOFFE.
UN JOAILLIER.
UN GARÇON D'HOTEL. — TROIS DOMESTIQUES.

PREMIER TABLEAU.

La scène se passe dans une petite ville de Danemark. — Une grande place ; à gauche, deux hôtels assez rapprochés ; l'hôtel du *Bon Port*, et l'hôtel des *Bons Comptes*.

SCÈNE I.

DELAVOLERIE, *arrivant d'un côté lentement, et* PERNILLE *accourant de l'autre essoufflée.*

PERNILLE.

Ah ! monsieur, vous voilà ! c'est une lettre.

[1] L'auteur danois est Holberg, dont on ne connaît guère en France que le *Potier d'Etain politique*. La pièce originale en trois actes contient beaucoup de longueurs et des détails que peu de lecteurs pourraient supporter ; comme dans un grand nombre de pièces danoises,

DELAVOLERIE.

Si elle m'annonçait de l'argent !

PERNILLE.

Ma foi, j'ai trouvé qu'elle avait meilleure mine que les autres, et comme vous n'attendez plus le facteur pour sortir, je vous la portais en toute hâte au petit café où l'on vous fait crédit.

DELAVOLERIE, *après avoir lu.*

Pernille, il ne faut pas se fier à la mine. . c'est encore quinze écus que l'on me réclame : on m'annonce une traite du vingt-cinq mai à douze jours de date et c'est aujourd'hui le...

PERNILLE.

Le cinq juin.

DELAVOLERIE.

Quelle unanimité extraordinaire ! je choisis mes créanciers aussi écartés les uns des autres qu'il est possible... Eh bien ! sans se connaître, ils tombent tous sur moi, comme s'ils s'étaient donné le mot.

PERNILLE.

C'est une indignité.

DELAVOLERIE.

J'ai un excellent caractère. On peut dire qu'il n'y a point de meilleur garçon que moi... je m'arrange avec tout le monde, excepté avec mes créanciers.. A quoi cela tient-il ?

PERNILLE.

Je ne sais pas où nous allons. Vos ancêtres, monsieur, trouvaient plus de respect et d'attention chez les petites gens qui avaient l'honneur de leur prêter.

le personnage qui joue le premier rôle au premier acte s'efface ou disparaît complètement dans les suivants pour laisser la place à d'autres dont rien ne faisait prévoir l'importance prochaine. M. Soldi, avec lequel j'ai traduit des contes d'Andersen, a fait du *Paysan en gage* une première traduction dont j'ai conservé tout ce qu'il m'a semblé possible de garder.

DELAVOLERIE.

Comment auraient-ils vécu sans cela ? Et comment auraient-ils songé à s'assurer des descendants, s'ils n'avaient pas cru que nous soutiendrions dignement leur nom ?

PERNILLE.

Avez-vous dit votre rang, votre naissance aux gens de ce pays-ci ?

DELAVOLERIE

Oui, et de plus j'ai été assez raisonnable pour offrir quarante pour cent d'intérêt... et ces petites gens m'ont refusé... partout. J'ai quatre fois déjà subi cet affront avant de déjeuner. J'en ai mal à l'estomac... quatre fois refusé par des manants !

PERNILLE.

Quelle impertinence grossière !

DELAVOLERIE.

J'ai même offert de payer les intérêts d'avance.

PERNILLE.

Les imbéciles ! il y a des bourgeois qui ne savent pas s'enrichir.

DELAVOLERIE.

Pernille, tu sais bien... quand j'aurai le malheur d'être veuf... que je dois t'épouser pour me consoler un peu. Considère-toi dès maintenant comme ma femme et tire d'affaire la communauté !

PERNILLE.

Eh ! monsieur ; cela me paraît bien difficile, sans quelque petite ruse un peu compromettante.

DELAVOLERIE.

Faute de mieux !

PERNILLE,

D'abord, nous pouvons faire banqueroute ..

DELAVOLERIE.

Eh non ! je n'ai pas d'argent.

PERNILLE.

Et plus de crédit du tout ?

DELAVOLERIE.

Pas le moindre.

PERNILLE.

Ah! — Il faudra du temps... pour découvrir quelque chose. . Heureusement nous avons ma tante, vous savez, la grosse marchande revendeuse... chez laquelle, sans savoir que j'étais sa nièce.. . vous achetiez les beaux habits dont vous me faisiez cadeau pour ma fête.

DELAVOLERIE.

Elle ne m'a jamais fait crédit... et je les payais un bon prix, va...

PERNILLE

Je le crois, franchement... mais... en l'intéressant à notre affaire... en lui promettant une moitié dans le bénéfice...

DELAVOLERIE.

Une moitié !

PERNILLE.

Ça ne sort pas de la famille, et ça vous reviendra, puisque je suis son héritière.

DELAVOLERIE, *lui prenant la main.*

Si elle voulait te faire une donation... là... de la main à la main.

PERNILLE.

Vous la jugez bien mal.

DELAVOLERIE.

Tu es ma seule espérance !... Pernille.. ma pauvre femme était bien malade, quand nous l'avons quittée... et elle n'a plus même assez de force pour demander de l'argent à ses parents...

PERNILLE.

Si nous nous attendrissons... moi je ne suis plus capable de rien, quand on me fait du sentiment...

DELAVOLERIE, *s'essuyant les yeux.*

Ni moi ! — allons, c'est fini ! — Il faut être homme.

PERNILLE.

On ne doit jamais désespérer, tant qu'on n'aura pas aboli le hasard.

SCÈNE II.

LES PRÉCÉDENTS, *le paysan* JEAN, *en costume campagnard.*

JEAN, *venant du fond avance lentement, en regardant de tous côtés... de temps en temps, il s'arrête .. et salue.*

PERNILLE.

Voyez donc, Monsieur... quel est cet original?

DELAVOLERIE.

Quelque paysan qui ne sait pas son chemin.

PERNILLE.

Un sauveur peut-être... voyez plutôt (*Jean les salue*). Il ne demande qu'à faire connaissance avec nous... S'il avait de l'argent ?

DELAVOLERIE.

Quelle idée ?

PERNILLE.

Il s'approche... soyons aimables.

JEAN.

Bonjour la compagnie..

PERNILLE.

Bonjour, monsieur. . vous voilà donc dans notre ville ?

JEAN.

Vous êtes bien honnête, vous .. à la bonne heure .. les femmes, ça vaut toujours mieux que les hommes.

DELAVOLERIE.

Que voulez-vous dire ?

JEAN.

Je parle pas pour vous... mais ceux que j'ai rencontrés, voyez-vous, j'ai eu beau me fatiguer, moi et mon chapeau, à les saluer... ils ne m'ont seulement pas dit : merci. Ce n'est pas bien, parce que dans notre village, quand je dis bonjour à quelqu'un, il me répond toujours, bonsoir, garçon.

DELAVOLERIE.

Et comment s'appelle-t-il votre village ?

JEAN, *se grattant la tête.*

Comment il s'appelle? ah, voilà ! je n'ai pas plus de mémoire qu'un poulet, et ça me fait quelquefois paraître bête... et c'est bien dommage : car je suis plus fin que je n'en ai l'air.

PERNILLE.

Je l'ai bien vu tout de suite... eh bien, mon garçon, que venez-vous faire à la ville ?

JEAN.

Ma foi, je n'en sais rien. Voilà toute mon histoire... ce matin je me suis levé de bonne heure, et quand j'ai vu qu'il faisait beau, j'ai eu l'idée de venir à la ville... parce que, voyez-vous, je ne suis jamais sorti de mon village... j'ai marché tout droit devant moi... et sans peur, allez... parce que je n'ai pas le sou dans ma poche... et je ne crains pas les filous... Dites-donc, madame, qui êtes bien gentille, en avez-vous déjà rencontré ici ?.. Il paraît que ça foisonne à la ville... et des enjoleuses surtout dont il faut bien se garer, à ce que dit papa.

PERNILLE.

Oui, mais vous n'avez rien à redouter... avec votre finesse et sans argent ..

JEAN.

Oh ! je connais les gens à leur visage, moi, les femmes surtout... Tenez, là, tapez là : il n'y en a guère de plus honnête et de plus mignonne que vous. (*Il lui pousse le bras du coude*).

DELAVOLERIE.

Ah ! mon ami, je suis bien aise que vous jugiez si bien ma femme.

JEAN.

C'est votre femme... tant pis ! car je l'aurais bien épousée, aussi... moi... avec votre permission... Enfin, c'est un malheur. Dites-donc, madame, qu'est-ce que c'est la grande maison qui est là-bas ?

PERNILLE.

Là-bas ?

JEAN, *il lui prend la main, pour lui indiquer la maison*,

Là. . en face de votre doigt.

PERNILLE.

C'est le Palais de Justice.

JEAN.

Je disais en passant qu'on en pourrait joliment mettre là-dedans des vaches et des chevaux ! — Ça me conviendrait diablement une bâtisse comme ça...

DELAVOLERIE, *à Pernille.*

Il est stupide.. mais à quoi nous peut-il servir ?

PERNILLE.

Causons toujours... et écartons-nous un peu... afin qu'on ne nous voie pas avec lui.

JEAN.

Ah ! mais, dites-moi donc ce que vous vous dites dans le tuyau de l'oreille... c'est pas joli de parler comme ça, à moins que ce ne soit de l'amour.

PERNILLE.

Non... nous parlions du déjeuner,..

JEAN.

Tiens, vous faites m'y penser... J'ai faim, moi. . Est-ce qu'on va me donner à manger sans argent ?

DELAVOLERIE.

Non, bien sûr... Vous aurez beau dire que vous venez de votre village : on ne vous croira pas... Vous avez déjà l'air trop bien habitué à la ville . on vous prendrait pour un fripon.

JEAN.

Par exemple ! Ce serait une bonne farce !

PERNILLE.

Soyez tranquille... maintenant que nous vous connaissons, vous êtes sauvé... Voyons, avez-vous bon appétit ?

JEAN.

Surtout quand j'ai bien travaillé...

PERNILLE.

Et tenez-vous beaucoup à travailler ? ..

JEAN.

Point en tout : j'aime mieux me croiser les bras.

PERNILLE.

Eh bien, si vous voulez rester avec nous, vous n'aurez rien à faire que bien boire et bien manger.

JEAN, *sautant de joie.*

Vrai ? — Ca me va, c'est une belle vie... j'aime bien la ville, si tout s'y passe comme ça... on voit bien que mon papa et ma maman n'y viennent pas souvent ; ils étaient toujours à me crier : surtout ne va pas à la ville sans nous ; t'es trop bête... tu te perdrais !

DELAVOLERIE.

Comment vous appelle-t-on ?

JEAN.

Moi ? Jean, ou le gros Jean.

DELAVOLERIE.

Votre nom de famille ?

JEAN, *lentement.*

Mon nom de... famille ? Je n'en ai pas.

PERNILLE.

Mais si, le nom de votre père ?

JEAN.

Oui ? — Le nom de mon père... c'est papa qui le porte...

et il est le seul à le signer .. parce que, moi, je ne sais ni lire ni écrire... je ne tiens pas à être savant; c'est ennuyeux. — Quand on me demande mon nom, je réponds, Jean, ça me suffit .. Si on n'est pas content... tant pis!..

PERNILLE.

(*A Delavolerie*.) Je tiens mon idée... laissez-moi faire. (*A Jean.*) Vous en savez bien assez.. pour vivre avec nous... Ecoutez-moi bien. Pour faire trois bons repas par jour, voici ce que je vous demande.

JEAN.

En voilà une chance de vous avoir rencontrée!

PERNILLE.

Gardez bien dans votre tête ce que je vais vous dire.

JEAN, *soulevant son chapeau.*

Faut pas que ça soit long.

PERNILLE.

Vous ne nous quitterez guère: nous aurons bien soin de vous; et vous parlerez le moins possible devant les autres.

JEAN.

Mais je causerai avec vous à mon aise? dame?

PERNILLE.

Quand nous serons tout seuls .. ça va; et quand quelqu'un vous demandera quelque chose, vous répondrez: Demandez à mon gouverneur.

JEAN.

C'est une farce, ça.. j'aime les farces, moi... et nous attraperons tout le monde.

PERNILLE.

Nous rirons après... Mon mari sera votre gouverneur..

JEAN.

Ma foi, je le veux bien.

DELAVOLERIE.

J'en serai très-honoré... (*A Pernille.*) Après..

PERNILLE.

Écoutez-moi, tous les deux... Vous, Jean, vous serez comte Palatin... et moi, comtesse Palatine...

JEAN.

Ma femme ou ma cousine ?

PERNILLE.

Votre femme.

JEAN.

La bonne farce, la bonne farce !.. Je vas donc me moquer des gens de la ville... et j'en aurai du plaisir à raconter notre petite diablerie dans mon village.

PERNILLE.

Et monsieur est votre gouverneur, une espèce de domestique bien mis... qui fera tout pour vous. .

JEAN, *tâtant l'habit de Delavolerie.*

Est-ce qu'il aura ce bel habit-là ?

PERNILLE

Un autre un peu plus beau.

JEAN.

Et moi... avec ma veste... je ne reluirai guère à côté de lui.

PERNILLE.

Je vais vous en donner un avec du velours et de l'or...

JEAN, *sautant.*

Je serai donc plus beau que le seigneur de notre village.. Dame ! je n'en serai pas fâché de faire aussi mes embarras.

PERNILLE.

C'est bien entendu. . Voilà votre gouverneur (*Delavolerie s'incline en souriant*). Je suis la comtesse... votre femme (*Jean la regarde avec vivacité*). Oh ! j'aurai de beaux habits et je ne vous ferai pas honte. Souvenez-vous de ce que je vous ai dit et répondez bien. Je commence : Votre Seigneurie a-t-elle bien passé la nuit ?

JEAN, *hésitant*

Est-ce à lui ou à moi que vous en avez ?

PERNILLE.

A vous. Est-ce qu'un gouverneur s'appelle votre Seigneurie ?

JEAN.

J'y perds la tête .. c'est si drôle tout cela... Que faut-il répondre ?

PERNILLE.

Vous l'avez oublié... Répondez : Demandez à mon gouverneur. (*Jean baisse la tête d'un air réfléchi*) Voyons, la tête haute, le regard assuré. Depuis quand votre Seigneurie est-elle dans nos murs ?

JEAN, *très-vite.*

Demandez à mon gouverneur ! Voyons, la tête haute, le regard assuré !

DELAVOLERIE.

Ah ! bon !

PERNILLE

C'est à désespérer.

JEAN.

Demandez à mon gouverneur.. la tête haute !

PERNILLE.

Arrêtez-vous donc après gouverneur... — La comtesse votre épouse est d'une grâce, d'une affabilité !...

JEAN.

Demandez à mon gouverneur.

PERNILLE.

Cette fois la réponse est bonne, mais la question ne valait rien. Ayez soin de ne pas répondre avant qu'on vous interroge... Ah ! j'oubliais : il vous faut un geste princier aussi ; lorsque vous ne direz rien, ayez soin de mettre la main droite sur la poitrine...

JEAN, *mettant sa main sur la poitrine de Pernille.*

Là, ou là ?

PERNILLE, *mettant la main sur le cœur de Jean.*

Là.

JEAN, *baissant sa main à gauche sur le cœur de Pernille.*

Là .. j'y suis?

PERNILLE.

Mais non... sur votre poitrine à vous... quand je ne serai pas auprès de vous, il faut que vous puissiez faire votre geste.

DELAVOLERIE.

Voilà trop d'instructions en public. Si on vous voyait!

PERNILLE.

Oui... nous répéterons le reste chez ma tante. — Vous, gouverneur, pendant que je vais habiller M. le comte Palatin... allez-nous retenir des appartements à ce magnifique hôtel .. l'hôtel des Bons-Comptes ..

DELAVOLERIE.

Le compte sera bon! — Que le ciel accompagne vos Seigneuries.

JEAN, *la main sur son cœur.*

Demandez à mon gouverneur.

PERNILLE.

Offrez le bras à ma Seigneurie. (*Jean donne le bras gauche, met la main droite sur le bras de Pernille, et sort en marmottant :* Demandez à mon gouverneur.

DELAVOLERIE.

Je vais vous rejoindre tout à l'heure. (*Il les regarde s'éloigner par le fond du théâtre*).

PERNILLE.

Chez ma tante!

SCÈNE III.

DELAVOLERIE, *seul.*

Bien! les voilà partis... Comme on est paresseux dans cette ville! Les hôtels ont encore l'air tout endormis! Avant d'entrer à l'hôtel des Bons-Comptes, dont l'extérieur me convient, je ne serais pas fâché de voir celui du propriétaire, pour juger s'il est prédestiné à nous servir... (*Il s'avance vers l'hôtel.*) Il faut que le comte nous rapporte gros...

SCÈNE IV.

DELAVOLERIE, SOTAULARD.

SOTAULARD, *paraissant sur le perron et parlant à l'intérieur.*

Je vais faire un tour au marché, mais je serai revenu pour le déjeuner. (*Il descend le perron.*)

DELAVOLERIE.

Cet homme doit être le propriétaire de l'hôtel, je le sens à ma joie intérieure : il a la mine que je souhaitais.

SOTAULARD, *voyant Delavolerie tourné vers son hôtel, s'approche de lui.*

Qu'y a-t-il pour le service de monsieur ? (*salut*).

DELAVOLERIE.

Êtes-vous le maître de l'hôtel des Bons Comptes ?

SOTAULARD.

Oui, monsieur, j'ai cet avantage pour vous servir.. (*salut*).

DELAVOLERIE.

Je suis le gouverneur du comte Palatin.

SOTAULARD, *saluant.*

Quel comte Palatin ?...

DELAVOLERIE.

Du jeune comte Palatin qui doit arriver dans cette ville... cette après-midi.

SOTAULARD.

Fort bien... je comprends.. Si sa Seigneurie voulait me faire l'honneur...

DELAVOLERIE.

C'est jusqu'à présent l'intention de Monseigneur. Votre hôtel lui a été recommandé; mais il m'a envoyé en avant pour m'assurer par moi-même si les gens de l'hôtel étaient aussi convenables qu'il le désire.

SOTAULARD, *se redressant.*

Vous pouvez avoir toute confiance ; j'ai une fille de quinze ans... et ma femme n'en a que vingt-cinq... parce que, par égard pour ma clientèle, une fois veuf, j'ai cru devoir me remarier.

DELAVOLERIE.

Bien! mais Monseigneur tient surtout aux attentions, aux bonnes manières... Il est fort jeune.

SOTAULARD, *finement.*

Mais, monsieur le gouverneur... s'il est jeune, la vue de jeunes visages ne lui déplaira pas... Je m'effacerai un peu, parce que je ne suis plus dans ce qu'on peut appeler la fleur de l'âge.

DELAVOLERIE.

Monseigneur est marié depuis trois mois à peine... et vous concevez qu'il ne voit dans le monde que madame la comtesse.

SOTAULARD.

J'attacherai ma fille au service de madame la comtesse, si elle le désire... Pour les appartements, les vins, le poisson, je puis dire que tout est première qualité...

DELAVOLERIE.

Je vais m'en assurer... tout-à-l'heure... Je suis un peu fatigué... j'ai laissé mon cheval à la porte de la ville... et j'ai gardé mon habit de voyage pour arriver incognito... Vous comprenez... Monseigneur ne veut pas qu'on lui rende d'honneurs. Ainsi pas de bruit et de la discrétion.

SOTAULARD.

Monsieur... mais quand on saura !... C'est un devoir... et les bourgeois...

DELAVOLERIE.

Voici l'ordre : Monseigneur qui ne peut souffrir le bruit des pavés, arrivera en chaise à porteur, et madame la comtesse arrivera en calèche... Avez-vous deux entrées ?

SOTAULARD.

Oui, monsieur... une autre pour les voitures sur la petite rue.

DELAVOLERIE.

Bien... Je vais visiter tout cela. . ordonner le dîner .. et vérifier par moi-même l'état de votre cave et de vos fourneaux.

SOTAULARD.

C'est trop juste. Je vais tout vous montrer moi-même.

(*Ils se dirigent vers le perron.*)

DELAVOLERIE.

Rien que votre physionomie du reste prévient en votre faveur.

SOTAULARD.

Monsieur, ma physionomie est aussi véridique que mon enseigne, et leurs Seigneuries seront satisfaites, je vous en réponds... Je me montrerai digne de l'honneur.. dont elles me comblent.

DELAVOLERIE.

J'ai d'ailleurs quelques renseignements à vous demander... Leurs Seigneuries n'aiment pas à dîner seules... Je me suis procuré la liste des conseillers municipaux... vous me direz quels sont les plus riches, les plus nobles et les plus respectables.

SOTAULARD.

Monsieur ne pouvait mieux s'adresser qu'à moi... C'est chez moi que le conseil fait chaque année son repas de corps.

DELAVOLERIE.

Très bien... très bien. (*La toile baisse.*)

DEUXIÈME TABLEAU.

Le théâtre représente une grande salle A droite une porte donnant dans une salle à manger. Autre porte à l'angle de droite. Porte au fond à deux battants, porte à gauche. Chaises et fauteuils.

SCÈNE I.

DELAVOLERIE. SOTAULARD.

DELAVOLERIE, *tirant sa montre.*

Eh bien, monsieur le maître d'hôtel !... Voici. bientôt l'heure.. et Monseigneur est d'une exactitude. . Tout est-il prêt ?...

SOTAULARD.

Je l'espere, monsieur le gouverneur.. mais je me suis surtout occupé du diner.. ma femme et ma fille préparent des fleurs pour leurs Altesses ..

DELAVOLERIE.

Songez-y mûrement... Si Monseigneur ne se trouvait pas bien ici, malgré mes avis, il irait dans un autre hôtel... L'hôtel voisin me semble plus grand ..

SOTAULARD.

Oui, monsieur, c'est vrai.. il y a quelques chambres... et deux écuries de plus. , mais pour la probité, la politesse... c'est sur un moins grand pied qu'ici.

DELAVOLERIE.

D'ailleurs le propriétaire m'a paru peu délicat... Comme je sortais, il s'est approché de moi pour m'offrir ses services, et m'a déclaré que vous écorchiez tous les voyageurs.

SOTAULARD

C'est une infamie! figurez-vous que, comme il n'a pas pu devenir veuf, sa femme n'est pas aussi jeune ni aussi jolie que la mienne... et il m'en veut... parce que nous avons une plus nombreuse clientèle... D'ailleurs.. je vous montrerai mon compte. . et vous jugerez...

DELAVOLERIE.

Oh! Monseigneur est large... il paie grandement... mais il veut être traité grandement.

SOTAULARD.

Soyez tranquille... et je n'oublierai pas non plus que vous avez remis à sa place mon ennemi...

DELAVOLERIE.

A propos... comment s'appelle le premier banquier de la ville?

SOTAULARD.

Monsieur Lingot.

DELAVOLERIE, *tirant un carnet.*

C'est bien là le nom que j'ai inscrit. Est-il en mesure de me compter 4,000 écus aujourd'hui même?

SOTAULARD.

Je crois bien, monsieur le gouverneur, et 10,000, s'il vous le fallait .. mais 4,000 écus... 4,000 écus!... Sa Seigneurie a donc besoin de tant d'argent?

DELAVOLERIE.

Sa Seigneurie n'en sera jamais réduite à faire attention à la dépense... partout ce sont des fêtes, des emplettes... des cadeaux pour la jeune comtesse Palatine... Nous voulons faire aller le commerce, l'industrie surtout.

SOTAULARD.

Jamais argent ne saurait être mieux placé... L'industrie!.. Ah! nous avons des artistes bien habiles... qui seront enchantés de lui offrir leurs hommages... et leurs produits!... Est-ce que le prince distribue des décorations?

DELAVOLERIE.

Pas encore .. c'est son noble père qui seul les décerne... mais sur ma recommandation appuyée par son Altesse... il serait possible...

SOTAULARD, *baisant l'habit de Delavolerie.*

Ah! Monseigneur... c'est trop de bontés... Vous comprenez bien... un homme est presque toujours au-dessus de ça... c'est pour ma femme... pour ma fille... qui s'en mariera mieux, pour mes clients... qui seront tout fiers d'être servis par moi...

DELAVOLERIE.

Oh! mon très cher maître d'hôtel... nous n'en sommes pas encore là... il faut de longs services... nous débuterons par vous donner le titre de maître d'hôtel de son Altesse... en vous permettant de mettre ses armes... sur votre enseigne.

SOTAULARD.

Des armes sur mon enseigne! Les armes de son Altesse! Vous me comblez : je vais me précipiter aux genoux de Monseigneur...

DELAVOLERIE.

Prenez garde : il ne comprendrait pas .. Ah! ah! vous serez bien étonné de la manière dont il vous accueillera...

SOTAULARD.

Est-ce qu'il n'est pas affable?

DELAVOLERIE.

Mon cher maître d'hôtel... vous le savez... il ne faut jamais dire du mal des grands seigneurs. Celui-là tiendra peut-être un jour très bien son rang.. mais en attendant... c'est bien triste, allez.

SOTAULARD, *s'approchant.*

Je comprends cela, monsieur le gouverneur.

DELAVOLERIE.

N'allez pas trahir ma confiance.

SOTAULARD

Ma bouche sera aussi bien close que mon oreille est ouverte à vos ordres.

DELAVOLERIE.

Eh bien ! Le comte... est un homme... si vous voulez .. il est à peu près construit commo vous et moi... au physique... mais son intelligence... est... endormie...

SOTAULARD.

Ah ! Elle est...

DELAVOLERIE.

Eteinte... pétrifiée...

SOTAULARD

Ciel ! ça me fend le cœur ! L'intelligence d'un prince pétrifiée ! quel spectacle !

DELAVOLERIE.

Ce serait un simple mortel qu'on l'appellerait rudement un imbécile. Le respect arrête cette qualification sur les lèvres de ceux qui le voient, et on le traite honorablement d'original. Son pauvre père, le vieux comte Palatin, a souvent pleuré... devant moi... et je me suis étonné de la quantité de larmes que peut contenir l'œil... d'un grand seigneur... à son âge. Pour le consoler, je lui ai dit que la plupart des grands génies ne sont pas précoces.

SOTAULARD.

Je suis de votre opinion.

DELAVOLERIE.

Que les voyages pourraient lui ouvrir l'esprit, et qu'enfin une jeune femme...

SOTAULARD.

Eh bien ? la comtesse le lui a-t-elle ouvert ?...

DELAVOLERIE.

Pas jusqu'à présent.

SOTAULARD !

Quel malheur !... voilà le monde pourtant... il y a des compensations partout, et, si on voyait tous les princes... dans leur for intérieur... il y en a beaucoup qui ne dorment pas comme moi... sur les deux oreilles, et qui n'ont pas l'esprit ouvert... comme moi .. A propos, faut pas vous gêner : si j'osais vous offrir un billet de cinq cents écus... en attendant.

DELAVOLERIE *prenant le billet.*

Soit ; portez-le en compte. — J'entends du bruit.

SOTAULARD.

Ce doit être Monseigneur...

SCÈNE II.

LES PRÉCÉDENTS ; LE PAYSAN EN GRANDE TENUE, PERNILLE, DOMESTIQUES EN LIVRÉE, DOMESTIQUES DE L'HÔTEL, MADAME DE L'ÉTOFFE, LA FEMME ET LA FILLE DU MAITRE D'HÔTEL, AVEC DES FLAMBEAUX.

Le Paysan donnant le bras à Pernille.. et la main droite sur son cœur, entre gravement.

SOTAULARD.

Daignez m'excuser... Monseigneur... je recevais les derniers ordres de votre gouverneur... et si j'avais su que votre Éminence dût sitôt honorer mon hôtel de la présence... de Votre Altesse... certainement j'aurais couru me jeter aux genoux de votre Grandeur... et à ceux de la sérénissime... et excellentissime... Princesse... que le ciel...

DELAVOLERIE.

Vous oubliez, maître d'hôtel, que vous n'avez pas le droit de faire un discours.

SOTAULARD.

C'est vrai... je m'oublie... Si leurs Altesses veulent visiter leurs appartements... (*Il prend un flambeau des mains de sa fille*) Place à monseigneur le comte Palatin !

DELAVOLERIE.

Monseigneur a-t-il des ordres à me donner ?

LE PAYSAN.

Demandez... (*Pernille lui fait un signe et l'emmène par la porte du fond*.

DELAVOLERIE.

Vive Monseigneur ! (*Cris répétés pendant que l'on sort*).

SCÈNE III.

DELAVOLERIE. MADAME DE L'ÉTOFFE.

MADAME DE L'ÉTOFFE, (*grandes révérences.*)

Monsieur... à qui faut-il m'adresser, pour offrir au prince des étoffes de brocard ?

DELAVOLERIE.

Pour les lui offrir comme un hommage ?...

MADAME DE L'ÉTOFFE.

S'il veut l'agréer en payant le prix.

DELAVOLERIE.

C'est ce que nous appelons vendre.

MADAME DE L'ÉTOFFE.

En style de cour... ça s'appelle aussi vendre ? je suis bien aise de le savoir.

DELAVOLERIE.

C'est à moi qu'il faut s'adresser pour tout... mais nous n'avons besoin que de fort peu de chose... et nous voulons la meilleure des premières qualités.

MADAME DE L'ÉTOFFE.

Tout ce que je tiens est surfin et même extrafin... seulement, c'est un peu cher.

2

DELAVOLERIE.

Nous ne regardons pas au prix, mais à la qualité. On ne peut trop payer les belles choses, quaud elles sont bonnes.

MADAME DE L'ÉTOFFE.

Combien voulez-vous de brocard ?

DELAVOLERIE.

Trente aunes

MADAME DE L'ÉTOFFE

Je les enverrai ce soir... Pour vous, monsieur le gouverneur, n'auriez-vous pas besoin d'une belle tabatière d'or avec des peintures sur émail ? — occasion précieuse, c'est un meuble de famille, un souvenir de ma mère, qui était noble ; je ne la céderais qu'à une personne des plus honorables... Je ne veux pas qu'il déroge...

DELAVOLERIE.

Le prix ?

MADAME DE L'ÉTOFFE.

Deux cents écus.

DELAVOLERIE.

Tout compris... l'estimation du souvenir... et celle de l'acquéreur ..

MADAME DE L'ÉTOFFE.

Je ne surfais jamais. — Je vais vous la laisser, n'est-ce pas ?...

DELAVOLERIE.

Soit. Envoyez ce soir le brocard... et revenez demain avant dix heures. Si le comte, mon maître, a été satisfait, je règlerai tout ensemble.

MADAME DE L'ÉTOFFE

Je viendrai demain matin pour vous obéir... et son Altesse madame la comtesse Palatine, n'a-t-elle besoin de rien ?

DELAVOLERIE.

Peut-être de quelque écrin... si elle en trouvait à son goût.

MADAME DE L'ÉTOFFE.

Oh ! le joaillier mon voisin... sera très-heureux de vous offrir en ce genre quelque chose de rare et de distingué.

DELAVOLERIE.

Qu'il se hâte... s'il doit venir... car le dîner va être bientôt servi.

SCÈNE IV.

DELAVOLERIE, *seul.*

Le métier de gouverneur d'un grand seigneur n'est pas si mauvais qu'on l'a prétendu... Cela dépend de la manière dont chacun joue son rôle. . Mes affaires semblent prendre tournure.

SCÈNE V.

DELAVOLERIE, UN JOAILLIER.

DELAVOLERIE, *à part.*

Il ne perd pas de temps.. l'honnête homme, empressé de voler les autres !

LE JOAILLIER.

J'ai bien l'honneur de vous saluer, monsieur le gouverneur. Je suis le joaillier dont vous a parlé ma voisine, à laquelle vous avez fait tant d'honneur en lui prenant quelques articles.

DELAVOLERIE.

Bien. Qu'avez-vous en fait de bijoux?

LE JOAILLIER.

Si monsieur le gouverneur veut examiner cet écrin...

DELAVOLERIE, *le regardant rapidement.*

Il me semble convenable, en effet; mais je n'ai pas le temps de m'en occuper maintenant. Laissez-le ici, je le montrerai demain matin à Monseigneur le comte Palatin, mon auguste maître, qui le voudra du goût de la princesse. . Je ne vous retiens pas plus longtemps, car ce soir nous avons les autorités à dîner.

LE JOAILLIER.

A quelle heure faudra-t-il venir demain avec les bijoux?

DELAVOLERIE.

Ah! vous les remportez! Eh bien! Ce n'est pas la peine de vous déranger une seconde fois... Restez chez vous. D'autres seront enchantés d'avoir plus de confiance...

LE JOAILLIER.

Pardon, monsieur le gouverneur... je me suis bien mal expliqué.. si vous croyez... Je ne suis pas habitué à fournir des Altesses.. il en passe si peu par ici... on est tout surpris... rien que d'y songer... l'émotion ..

DELAVOLERIE.

Non, monsieur... il ne faut pas troubler votre sommeil. Remportez votre marchandise! — Confier des bijoux au gouverneur d'un comte Palatin... quelle imprudence!

LE JOAILLIER.

Je vous assure... monsieur le gouverneur. . mon intention n'était pas....

DELAVOLERIE

Ne vous excusez pas, mon cher monsieur : vous êtes dans votre droit, et votre femme vous a sans doute recommandé de prendre vos précautions.

LE JOAILLIER.

Oh! monsieur le gouverneur, comment pouvez-vous croire

que je sois assez fou pour lui obéir dans une pareille circonstance ?

DELAVOLERIE.

Voyez, mon cher monsieur, si je n'ai pas gâté vos bijoux en les touchant.

LE JOAILLIER.

Vous êtes trop poli, monsieur le gouverneur, je suis confus.. gardez-les, je vous en prie... vous me rendrez service, cela fera du bien à ma maison, de vous avoir fourni quelque chose... Je serais bien ridicule, si je m'en allais ainsi.

DELAVOLERIE.

Je n'en veux pas !

LE JOAILLIER.

Oh monsieur ! Que faut-il vous dire encore ? Je n'ai plus qu'à me retirer en vous priant de m'excuser... mais je suis bien malheureux. (*Il va pour sortir.*)

DELAVOLERIE, *le rappelant.*

Vos regrets m'ont touché... j'étais bien aise de vous faire sentir l'inconvenance de votre procédé... mais cela tien sans doute à votre éducation, et puisque vous n'aviez aucune pensée offensante. . je vous permets de les laisser ici jusqu'à demain matin : j'en suis responsable.

LE JOAILLIER.

Que je vous suis obligé ! je n'espérais déjà plus rien.

DELAVOLERIE.

Mais c'est à la condition que vous ne manquerez pas de venir avant dix heures...

LE JOAILLIER.

Je vous obéirai... sans faute... soyez tranquille !.. (*Il sort en saluant profondément*)

SCÈNE VI.

DELAVOLERIE, *un instant seul.*

Voilà comme on prend les gens soupçonneux : on leur fait honte de leur prudence, on s'indigne, on les rudoie ; — ils vous demandent pardon, et expient par leur humilité leur première idée — qui était la bonne. — Aussi se reprochent-ils plus tard l'excès de leurs basses politesses; il est trop tard. Plier l'échine devant les grands, et se montrer raide avec les petits, c'est la meilleure règle de conduite, et le premier principe pour faire fortune... ici-bas.

SCÈNE VII.

DELAVOLERIE, SOTAULARD, *annonçant ;* TROIS CONSEILLERS MUNICIPAUX.

SOTAULARD.

Messieurs les conseillers... (*Il se retire.*)

DELAVOLERIE, *à part.*

Soyons digne.

PREMIER CONSEILLER, *saluant.*

Monsieur appartient à la suite de M. le comte?

DELAVOLERIE.

Je suis son gouverneur, monsieur le conseiller. Monseigneur a pris la liberté de vous inviter à dîner, messieurs... un peu brusquement sans doute... mais j'espère que vous lui pardonnez... quand on voyage... on n'a pas le temps de respecter toutes les convenances.

DEUXIÈME CONSEILLER.

Comment donc? je suis de votre avis. Nous sommes très-flattés de l'honneur que nous fait Monseigneur le comte Palatin.

DELAVOLERIE

Son père, le vieux comte, dit toujours que dans sa jeunesse il avait l'habitude d'inviter les autorités des villes où il passait, n'eût-il qu'une heure pour manger et causer avec elles. J'ai surtout profité, dit-il, de mes conversations avec messieurs des conseils municipaux. Presque toujours, ce sont des hommes d'esprit supérieur, d'excellentes manières, et qui ont rendu des services au pays. Ils ont aligné des rues, fait percer des routes, amélioré l'éclairage, réglementé la police : on profite avec eux, et dix de leurs paroles servent plus à former le cœur et l'intelligence que la vue des monuments, des rivières, ou de la campagne que regardent surtout... les gens qui voyagent sans aucun but sérieux.

TROISIÈME CONSEILLER.

Nous serons trop heureux d'être utiles à Monseigneur. S'il veut savoir la date de la fondation des vieilles maisons de la ville basse, les naissances du quartier, l'histoire très-intéressante de l'antique famille dont je me glorifie d'être le trente-unième descendant direct... je lui donnerai les principaux détails de vive voix, sauf à lui demander la permission de lui dédier notre généalogie et de lui envoyer, rédigés de ma main, tous les renseignements qui l'intéressent. Mais un jeune seigneur qui voyage avec les conseils d'un homme aussi sage que le vieux comte et sous la direction d'un homme aussi savant, aussi distingué que vous, doit avoir peu de chose à apprendre d'un conseiller aussi modeste que moi... Du reste, je suis sûr que le comte ne fera pas trop sentir sa supériorité... De votre amabilité gracieuse, je conclus celle de votre élève.

DELAVOLERIE.

Je vous remercie du plus profond de mon cœur, messieurs

les conseillers, pour toutes les bonnes pensées dont vous m'honorez. Mon mérite est bien petit... et je n'ai pas réussi comme je l'aurais voulu. Mon maître, messieurs... ah! messieurs... il est bien triste de vous expliquer... et pourtant il le faut...

PREMIER CONSEILLER.

Nous espérons que rien de fâcheux n'est arrivé au jeune comte.

DELAVOLERIE.

Messieurs... la nature est souvent si bizarre à la première apparence... quoiqu'au fond elle fasse tout pour le mieux. Extérieurement, et pour tout ce qui ne touche point à l'âme, mon maître n'a point à se plaindre, on le trouve beau et bien fait : il se porte fort bien, et il est riche à millions... Eh bien! (*Il soupire*) il y a des moments où je le voudrais malade... pour quelque temps... et à moitié ruiné... pourvu que...

DEUXIÈME CONSEILLER.

Je suis de votre avis... M. le comte Palatin est peut-être un peu trop léger : ce qui par malheur est un peu le fait des grands seigneurs.

TROISIÈME CONSEILLER.

Quand ils sont jeunes... ils ont leur jeunesse... comme les conseillers municipaux; nul n'en est exempt : c'est une loi absolue.

DELAVOLERIE.

Non messieurs, ce n'est pas cela. Je voudrais qu'il fût léger et étourdi... car je ne crois pas que ce soit un mauvais signe chez les jeunes gens, n'est-ce pas, monsieur?

TROISIÈME CONSEILLER.

Non, certes, monsieur... comme j'avais l'honneur de le dire.

PREMIER CONSEILLER.

N'est-il point trop porté à la mélancolie?

DELAVOLERIE.

Plût au ciel ! La mélancolie vient d'une grande délicatesse d'âme, et est toujours accompagnée d'une foule de qualités, suivant Aristote qui s'y connaissait.

DEUXIÈME CONSEILLER, *à voix basse.*

Je suis de votre avis... mais peut-être le comte est-il trop... sensible ?

DELAVOLERIE.

Sensible ? (*Geste du conseiller.*) Je vous entends, monsieur ! Vous ne me verriez pas si désolé, l'amour est cause de beaucoup de mal, sans doute, mais aussi quel bien ne produit-il pas ? Vous savez tous l'opinion de Platon...

TROISIÈME CONSEILLER.

Et encore, nous avons bien amélioré tout cela.

PREMIER CONSEILLER.

Je cherche... et je ne trouve plus alors quel peut être le motif... Ah ! serait-il dur avec ses gens ?

DELAVOLERIE.

Nullement ; mais s'il l'était, ce serait peut-être tant mieux ; car cette dureté est bien souvent nécessaire.

DEUXIÈME CONSEILLER.

Je suis de votre avis ; mais M. le comte n'aurait-il pas éprouvé quelque grand chagrin ?

DELAVOLERIE.

Non, monsieur le conseiller, ni grand, ni petit. Son œil n'a jamais connu que les larmes de joie... mais le malheur, messieurs... vous allez juger vous-mêmes dans un instant. En le voyant, vous le prendriez plutôt pour un paysan que pour un grand seigneur; son intelligence et sa mémoire — car elles existent sans aucun doute — sont actuellement frappées de paralysie... tout ce que son père a fait pour y remédier a été complètement inutile... Hélas ! pauvre vieux comte ! qui possède, lui, un merveilleux esprit orné de mille souvenirs... plus vifs, plus charmants les uns que les autres... répertoire vivant de tout ce qu'on a dit d'aimable, de tout ce qu'on a fait de grand... Ah! messieurs, ses larmes, son désespoir, les dépenses qu'il a faites, les chevaux les mieux dressés, les plaisirs les mieux choisis, des médecins étrangers, des maîtres d'élite, possédant toutes les ressources du dévouement unies à celles de l'érudition... une jeune princesse faite pour donner de l'esprit à celui qu'elle aime. . rien, messieurs.. rien n'a pu le guérir!

TROISIÈME CONSEILLER.

Quel âge a le jeune comte?

DELAVOLERIE.

Dix-neuf ans!

TROISIÈME CONSEILLER.

Eh bien! monsieur le gouverneur, il y a encore de l'espoir. (*Bas à l'oreille de Delavolerie.*) Mon honorable collègue, M. Nigaudi, qui est toujours de votre avis, a été affligé de stupidité jusqu'à vingt-cinq ans... C'est sa seconde femme seulement qui l'a guéri.

DELAVOLERIE.

Vraiment! on s'en douterait légèrement à le voir. Cet exemple me console un peu, j'accepte votre heureux présage... en souhaitant que madame la comtesse puisse à elle seule opérer la cure complète. Vous m'excuserez de vous quitter, mon maître m'attend, et je vais lui annoncer votre arrivée. (*Il sort en emportant l'écrin.*)

SCÈNE VIII.

LES CONSEILLERS, *seuls*.

PREMIER CONSEILLER.

Quel homme charmant que M. le gouverneur! que d'esprit, de goût et de sentiment! Quel dommage qu'il ne soit pas à la place de son maître!

DEUXIÈME CONSEILLER.

Oui, je suis de votre avis : il me regardait tout à l'heure d'un air profond. Il a des pensées tout à fait élevées.

TROISIÈME CONSEILLER.

Il me tarde de voir le jeune comte, et la malheureuse comtesse. Serait-il vraiment aussi borné qu'on le dit? La jeune princesse doit alors l'accompagner partout.

DEUXIÈME CONSEILLER.

Quel malheur pour les parents d'avoir des enfants qui leur ressemblent si peu! Oh! si j'avais un fils imbécile... j'en serais mort... Ç'aurait été plus fort que moi. On vient, c'est sans doute son Altesse.

SCÈNE IX.

LES CONSEILLERS, LE PAYSAN, *vêtu magnifiquement d'habits un peu vieux et donnant le bras à Pernille*, DELAVOLERIE.

PREMIER CONSEILLER.

Nous vous remercions très-humblement de votre gracieuse invitation, Monseigneur.

TROISIÈME CONSEILLER.

Si nous avions su l'arrivée de votre Seigneurie, nous lui aurions préparé une réception digne d'elle et de sa noble épouse... des fleurs, des jeunes filles... avec des devises, des arcs de triomphe... des cerfs volants... des colombes et des acclamations assorties que nous aurions distribuées par quartiers.

DEUXIÈME CONSEILLER.

Je me joins à mes deux collègues.

LE PAYSAN.

Mes bons messieurs... si vous aviez un peu de tabac... j'ai le nez tout bouché.

PREMIER CONSEILLER, *à part.*

Quel langage pour un comte Palatin ! (*Il lui offre du tabac.*)

DELAVOLERIE.

Messieurs les conseillers... Monseigneur est très-souvent enchifrené... c'est une légère indisposition héréditaire dans sa famille... surtout en voyage, vous comprenez...

TROISIÈME CONSEILLER.

Madame la comtesse n'est-elle pas trop fatiguée de la route ?

PERNILLE, *que le Paysan regarde sans cesse.*

Non, messieurs... et je vous remercie pour moi et pour Monseigneur.

DELAVOLERIE.

Messieurs... si vous vouliez vous asseoir... Madame la comtesse vous donne l'exemple. (*Pernille s'assied et le paysan, au moment où il s'approche d'elle, fait des efforts et des grimaces pour éternuer.*)

PREMIER CONSEILLER.

Le tabac paraît vous incommoder, monsieur le comte ; vous le trouvez peut-être un peu fort : c'est du tabac tout à fait bourgeois...

LE PAYSAN.

Demandez à mon gouverneur...

DELAVOLERIE.

Veuillez me prêter un instant votre tabatière ; je jugerai moi-même. (*Il prise.*) Mais je le trouve fort bon... Si Monseigneur voulait le goûter de nouveau ?

LE PAYSAN.

Bien, bien. (*Il met la tabatière dans sa poche; étonnement du conseiller et de Pernille.*)

DELAVOLERIE.

C'est une distraction : il a cru que c'était la mienne ou même la sienne : quand il l'oublie, c'est moi qui la prends... mais demain j'aurai soin de le faire souvenir qu'il doit vous en envoyer une autre... et vous n'aurez point à vous plaindre de l'échange.

PREMIER CONSEILLER.

Vous me comblez... c'est déjà trop d'honneur.. Monseigneur, avez-vous déjà visité cette ville avec la comtesse ?

LE PAYSAN.

Demandez à mon gouverneur.

DELAVOLERIE.

Monsieur le comte sait que je suis arrivé longtemps avant lui, et comme il n'a pas une très-bonne mémoire, je serai obligé de lui rappeler par quels endroits il a dû passer.

PERNILLE.

Nous avons vu quelques beaux monuments.

TROISIÈME CONSEILLER.

Je serais heureux, madame, de me mettre à votre disposition pour vous faire connaître les principales curiosités de notre ville... Elle est connue par son hôtel-de-ville, son beurre, ses beaux hommes et ses eaux excellentes pour assurer aux dames une nombreuse famille... Aucun gage d'une si heureuse union n'a-t-il encore fait le bonheur du Palatinat ?

LE PAYSAN.

Demandez à mon gouverneur.

DELAVOLERIE.

Le ciel ne saurait manquer d'exaucer bientôt vos vœux, messieurs les conseillers...

DEUXIÈME CONSEILLER.

Vous vous devez au bonheur du pays, madame la comtesse.

PERNILLE.

Je suis plus sensible que je ne puis dire... et que vous ne pouvez croire...

SCÈNE X.

LES PRÉCÉDENTS, SOTAULARD *précédé de deux domestiques portant des flambeaux, et suivi de deux autres.*

LE MAITRE D'HÔTEL.

M. le comte Palatin est servi.

PERNILLE.

Allons, monsieur le comte... (*Le troisième conseiller se présente pour offrir son bras ; le paysan prend la main de Pernille et la serre*). Oh! vous me serrez trop.

LE PAYSAN.

Demandez... (*signe de Pernille.*) Mon Dieu! que c'est gênant d'être prince pour avoir toujours la même chose à dire... moi qui aime tant à causer à ma guise! (*Il pince le bras de Pernille.*) tant pis! nous allons rire à table, je vais vous dire des bêtises.

(*On entre dans la salle à manger. Les deux laquais d'abord avec les flambeaux, puis le maître d'hôtel tenant la porte, Pernille et le paysan, deux autres laquais, les conseillers, Delavolerie*).

DELAVOLERIE, *aux deux derniers laquais.*

Quand vous aurez placé les flambeaux, l'un de vous viendra garder la porte pour empêcher qu'on trouble le dîner de Monseigneur.

LE LAQUAIS.

Soyez tranquille, monsieur le gouverneur.

SCÈNE XI.

LE PÈRE ET LA MÈRE du PAYSAN, *entrant par la porte à gauche, puis un* LAQUAIS.

LE PÈRE.

Il ne nous reste plus que cet hôtel où demander si on a vu votre benêt de fils.

LA MÈRE.

Pas moyen de parler à personne ; ils sont tous occupés à soigner leur comte Palatin. J'aimerais bien mieux retrouver mon pauvre fils, puisque nous n'avons que lui

LE PÈRE.

Et celui-là perdu, je ne vois guère de moyen d'en avoir d'autres. Je me fais vieux, femme, sans que ça paraisse... Dis donc, si nous pouvions au moins voir un peu Monseigneur, nous n'aurions pas perdu toute notre peine.. On dit que c'est si curieux à voir !

LA MÈRE.

Est-ce que c'est bien plus beau que les autres hommes,

un comte Palatin? Il doit-être mieux mis que monsieur le Bailli.

LE PÈRE.

Je crois bien! Ecoute. (*On entend de la musique*). Ecoute : voilà qu'on lui paie des violons : vois-tu, ça mange en musique, les grands seigneurs ; ça leur fait passer les morçeaux..

LA MÈRE.

Si on pouvait voir par un petit trou! (*Le laquais ouvre la porte à droite et se place devant avec un flambeau*)

LE PÈRE.

Tiens! on voilà un qui sort avec un flambeau : s'il est poli, il va nous laisser voir.

LA MÈRE.

Tu vas lui parler, toi.

LE PÈRE.

Oui, oui... suis-moi... Je ne manque pas de tête... tu vas voir. (*Ils approchent tous deux, la femme suit timidement*). Dites-donc, l'homme, peut-on regarder par le trou de la serrure?

LE LAQUAIS.

N'approchez pas... Il est défendu de troubler le repas de monseigneur le comte.

LE PÈRE.

C'est seulement pour le voir ; cela ne l'empêchera pas de manger.

LE LAQUAIS.

Vous ne devriez pas être ici : allez à la cuisine... ou plutot décampez, on ne sait où donner de la tête un jour comme celui-là!

LA MÈRE.

Là... je te disais bien... Pardon, monsieur... Si vous saviez par hasard, si vous aviez vu mon fils, un brave paysan, bien naïf et bien bête...

LE LAQUAIS.

Nous avons bien autre chose à faire vraiment que de nous occuper d'une bête de paysan... quand nous avons un comte...

LA MÈRE.

Ça c'est vrai... Mais pourtant si vous l'avez vu, ça nous rendrait service.

LE LAQUAIS.

Reculez-vous donc. Vous allez me faire gronder : j'ai ma consigne.

SCÈNE XII.

LES PRÉCÉDENTS, PERNILLE ET DELAVOLERIE.

DELAVOLERIE.

Eh bien, laquais, ne laissez approcher personne... et gardez bien votre poste... Où est l'hôtesse et sa fille?

LE LAQUAIS.

A la cuisine, votre Excellence, à surveiller tout.

DELAVOLERIE.

Bien... madame la comtesse est un peu indisposée... Je vais prier une de ces dames de monter pour la soigner...

LE PÈRE.

Est-ce vous qui êtes le comte Palatin ?

DELAVOLERIE.

Non, mon brave homme .. je n'ai pas cet honneur...

LA MÈRE.

Oh! la belle dame ! et quelle belle robe !

LE PÈRE.

Si mon fils était-là, comme il ouvrirait les yeux, hein? Pauvre gars! Il n'a pas de chance de ne s'être pas fait retrouver plus tôt.

DELAVOLERIE, *bas à Pernille.*

Vous êtes prête à sortir ?... (*haut.*) Madame la comtesse va mieux... (*bas.*) Vous n'avez rien oublié ?

PERNILLE, (*bas*)

Rien... hâtons-nous. (*Ils sortent par la porte à deux battants.*)

SCÈNE XIII.

LE PÈRE, LA MÈRE, LE LAQUAIS.

LA MÈRE.

C'est donc la femme du comte? Elle en a des bijoux !...

LE PÈRE.

Attendons encore un peu... si elle est malade, son mari va aller la retrouver... et nous le verrons.

LA MÈRE.

Ma foi... oui... pourtant j'aimerais mieux retrouver mon fils...

SCÈNE XIV.

LES PRÉCÉDENTS, LE PAYSAN, LES CONSEILLERS *qui le suivent*, SOTAULARD.

LE PAYSAN.

Diable ! laissez-moi donc tranquillle. Boire, c'est bon ; mais quand on a une femme à côté de soi, ça vaut mieux...

PREMIER CONSEILLER.

Monseigneur, ne soyez pas si inquiet.

DEUXIÈME CONSEILLER.

Je suis de votre avis, Monseigneur ne devrait pas...

TROISIÈME CONSEILLER.

Monseigneur ! j'ai peur que le vin...

LE PAYSAN.

Pour le vin, il était bon, dame !

LE PÈRE, *qui s'est approché.*

On dirait de la voix de mon fils !

LA MÈRE.

Pardi ! c'est sa figure aussi !

LE MAITRE D'HOTEL, *les repoussant.*

Qu'est-ce que vous faites donc là ?

LE PÈRE.

Mais c'est notre fils !

LE PREMIER CONSEILLER.

Allons donc ! ce serait drôle !

LE DEUXIÈME CONSEILLER, *trébuchant.*

Allons donc ! Ce serait drôle, nous serions tous... drôles !

LE TROISIÈME CONSEILLER.

Allons donc ! C'est vous qui l'êtes !... Collègues, observez-vous... en public.

LA MÈRE, *prenant son fils par le bras.*

Mon fils, mais reconnais-moi donc.

LE PAYSAN, *trébuchant.*

Je n'ai qu'une chose à dire : Demandez à mon gouverneur.

SCÈNE XV.

LES PRÉCÉDENTS, LE JOAILLIER, MADAME DE L'ÉTOFFE.

LE JOAILLIER.

Ah ! monsieur le comte, que je suis aise de vous voir !

MADAME DE L'ÉTOFFE, *présentant le brocard au paysan.*

Quand je vous disais que vous aviez la berlue...

LE PAYSAN, *le prenant.*

Donnez toujours.

LE JOAILLIER.

C'est drôle... pourtant... je jurerais que j'ai vu passer dans une voiture votre gouverneur avec une belle dame !

LE PAYSAN.

Comment ! Il a enlevé sa femme, déjà ! ce n'est plus de la plaisanterie.

LE TROISIÈME CONSEILLER.

(*Bas.*) Il disait ma femme tout à l'heure. Changement de pronom possessif, c'est grave ! Mais il va revenir sans doute... La comtesse...

LE PAYSAN.

Ah !.. ah ! la comtesse. . la farce est bonne !.. J'en rirai longtemps.

SOTAULARD.

Est-ce qu'il devient fou, ce pauvre comte ? S'il allait mourir dans mon hôtel !

LA MÈRE

Mon pauvre fils, mais qu'est-ce qu'on t'a donc fait pour te mettre de si beaux habits ?

LE JOAILLIER.

Ca s'embrouille... payez-moi ou rendez-moi mon écrin.

MADAME DE L'ÉTOFFE

Rendez-moi mon brocard et ma tabatière.. ou de l'argent.

SOTAULARD.

Monsieur le comte... si votre gouverneur ne revient pas... écrivez à votre père auguste et...

LE PAYSAN.

Mon père !... il ne s'appelle pas Auguste, puisque le voilà. Mais, papa, fallait pas vous déranger pour venir me chercher ; je m'amusais bien sans vous.

LE PREMIER CONSEILLER.

Son père ! Je reprends ma tabatière. (*Il la saisit dans la poche du paysan.*)

LE DEUXIÈME CONSEILLER.

Son père !

LE JOAILLIER.

C'est un fripon... messieurs les conseillers, faites votre devoir.

SOTAULARD.

Oui... payez-moi votre dîner, messieurs les conseillers..

MADAME DE L'ÉTOFFE.

Mes bons juges, condamnez-le, séance tenante, à être pendu. (*Elle se précipite sur lui, lui reprend le brocard et lui arrache son bel habit.*)

LE PAYSAN, *pleurant*.

Si j'avais donc su tout cela !

LA MÈRE.

Qu'as-tu fait, malheureux ?

SOTAULARD.

Il a escroqué de l'argent à ces braves gens et à moi, mon pauvre billet ! ai-je été bête, mon Dieu ! — canaille, gueux de Palatin ! (*Il menace le paysan.*)

LA MÈRE.

C'est trop de bruit pour lui, en vérité... je vous dis qu'il est plus niais qu'un âne... mais réponds donc.

LE PAYSAN, *pleurant*.

C'est le gouverneur qui est cause de tout avec sa femme... ils ne m'enjoleront plus : que je les attrappe, je veux être pendu si je ne les assomme pas !

LE PÈRE.

Mais comment les as-tu connus ?

LE PAYSAN.

Je les ai rencontrés là, sur la place, ce matin. Il m'ont proposé de beaux habits, de bons dîners et rien à faire, si je voulais toujours répondre : Demandez à mon gouverneur. Comme je n'avais pas d'argent, je les ai trouvés bien obligeants, et j'ai fait ce qu'ils m'ont dit ; ça n'était point désagréable, et le repas était bon. — Je ne vous en veux pas, allez, maitre d'hôtel.

LA MÈRE.

Vous voyez bien, mes bons messieurs, le pauvre imbécile est bien innocent... Le faire passer pour un prince, lui ! Le voilà déshonoré pour sa vie ! Faut-il être méchant, mon Dieu ! — Si j'avais pu deviner, au lieu de les saluer, les gredins, je les aurais arrêtés de ma main.

LE TROISIÈME CONSEILLER.

Allons, monsieur le joaillier, et vous, madame de l'Etoffe... quand il sera pendu .. cela ne vous rendra pas ce qui vous a été volé... provisoirement, vous partagerez ces beaux vêtements-là.

LE PAYSAN.

Ils sont un peu vieux.. ils viennent de chez la fripière.

SOTAULARD.

La recéleuse du coin là-bas. Qu'on l'arrête !

LE TROISIÈME CONSEILLER.

Bien ! voilà déjà des renseignements : nous serons bientôt sur la trace des voleurs. — Et vous, parents imprudents, profitez de cette leçon, et veillez mieux sur ce niais pour qu'on ne soit pas obligé de le pendre.

LA MÈRE.

Merci, merci, mes bons messieurs.

LE PÈRE.

Animal, va ! (*Il pousse son fils, et la toile tombe.*)

FIN DU PAYSAN EN GAGE.

LA SOCIÉTÉ DES LAIDS.

LA

SOCIÉTÉ DES LAIDS.

PERSONNAGES :

PIRQUELET, président de la *Société des Laids*, 55 ans.
JEANNE, sa fille, 19 ans.
MADAME TÉTARD, veuve, 45 ans.
TÉTARD, son fils, 25 ans.
REQUIN, vice-président de la *Société*, 60 ans.
PIERRE TABOURET, son neveu.
LES MEMBRES DE LA *Société des Laids*.
JEUNES FILLES, qui, conduites par madame Tétard, apportent des bouquets aux *Sociétaires*.

Le théâtre représente une grande salle ; fenêtre à gauche ; au fond, deux portes ; ameublement de campagne, chaises et bancs.

SCÈNE I.

PIRQUELET, JEANNE.

PIRQUELET, *entre en s'essuyant le front.*

Enfin, l'élection libre a confirmé mon propre choix... ma fille, tu vois en moi le président de la société nouvelle...

JEANNE.

De quelle société, mon père?

PIRQUELET, *s'approchant de la fenêtre.*

Ecoute! (*On entend des cris* : vive notre président! vive notre président!) *Pirquelet à la fenêtre :* Bien, mes amis, très-bien! mais n'ayez pas peur de nommer notre société... nous avons le courage de notre opinion, nous autres. (*On crie* : vive le président de la société des Laids!) Bravo! (*Il agite son mouchoir, le serre sur son cœur, il l'agite de nouveau en disant :*) Le président de la société à tous les Laids! (*Cris :* bravo! bravo!) Messieurs les sociétaires, je vous invite tous à diner! nous aurons du saucisson! (*Il se retourne, et voyant sa fille tout étonnée*) Oui, ma fille, c'est comme tu l'as entendu, on m'a fait l'honneur de me nommer président ..

JEANNE, *fâchée.*

De la société des...

PIRQUELET.

Des Laids.

JEANNE.

Et c'est toi qui as encore eu l'idée?

PIRQUELET.

Plût au ciel... mais non! hélas! pas le premier! Un jour en me regardant, je me disais : il y a quelque chose à faire de moi... qu'est-ce que j'inventerais donc bien pour en être le chef?... la société des Laids : cette pensée me sourit, mais la chose avait été fondée en Angleterre le siècle dernier... Aux Anglais donc l'honneur de l'invention, mais à moi le mérite d'avoir le premier établi en France cette institution modeste que je perfectionnerai... Eh bien, malgré tout... j'ai failli n'être pas nommé président ..

JEANNE.

Mais, mon père, vous aviez bien assez de conduire la maison et de cultiver les champs.

PIRQUELET.

Non, ma fille... il me manquait l'occasion de parler en

public... Tu sais combien de fois j'ai été candidat au conseil municipal... j'espérais être maire sur mes vieux jours... à la rigueur, je me serais rabattu sur une place d'adjoint, mais j'ai échoué, la cabale m'a détruit parce que je n'ai pas voulu pour gendre du fils Labbé que tu détestais... Eh bien! j'ai cherché une consolation et je l'ai trouvée... Que mes ennemis se présentent à notre société... ils verront comme je les recevrai... qu'ils tâchent de s'introduire à notre cercle pour lire le *Constitutionnel!* J'ai des adhérents maintenant, des amis officiels... Je suis issu du suffrage des gens compétents et je serai maître tout puissant... dans le cercle... de mes attributions.

JEANNE.

Mais, mon père, croyez-vous qu'il soit bien agréable pour moi...

PIRQUELET, *avec majesté et d'un ton protecteur.*

Enfant! tu n'es donc pas ambitieuse! Dès à présent, tu peux compter parmi tes ancêtres un homme illustre.. je vais avoir un cachet que tu transmettras à tes enfants... à la race dont je m'honore d'avance...

JEANNE.

Mais, papa... votre titre m'empêchera de me marier.

PIRQUELET.

O naïveté!.. mais ta mère m'a bien épousé sans résistance... et dans ce temps-là... j'avais peut-être plus de droits qu'aujourd'hui à la distinction que je viens d'obtenir... Oui... mon nez n'a cessé de croître qu'après mon mariage... je suis resté stationnaire depuis.

JEANNE.

Vous étiez si bon...

PIRQUELET.

Crois-tu donc que le temps des hommes laids et bons soit passé? Non, grâce au ciel! Il est encore de ces êtres privilégiés nés pour le bonheur des femmes... Ils te rechercheront.

Je t'expliquerai tout cela... car en ce beau jour, je songe aussi à toi... tu le verras en entendant ce soir mon discours d'installation.

JEANNE.

Où donc ?

PIRQUELET.

Ici même... j'ai invité à dîner mes administrés... et je leur ferai part de ma décision. Il y a assez longtemps que tout le monde te courtise, non pas seulement pour tes beaux yeux, mais aussi pour les champs que tu donneras en dot à ton mari. Sans me vanter, je puis dire que tu es un beau brin de fille, et que je n'ai pas laissé dépérir les champs qui t'appartiennent... Par ainsi, on conçoit que ça affriande tous ceux qui ne dédaignent point un peu de bon bien au soleil avec une joyeuse moitié de dix-neuf ans. D'un seul mot, j'éloignerai bon nombre de ces prétendants. La première condition pour t'épouser, c'est maintenant d'être membre de notre société.

JEANNE.

Mon père !

PIRQUELET.

Prenez garde, ma fille ! j'aime à croire que vous n'avez pas jeté votre dévolu sur ce qu'on appelle un bel homme !.. Ces gens-là m'ont toujours déplu d'abord... j'en avais inspiré l'horreur à votre mère et de mon vivant vous n'en épouserez jamais un seul... mais (*avec affection*) tu pourras choisir dans notre société... quand elle sera au grand complet, tu trouveras quelqu'un de très-bien... crois en ma sollicitude paternelle... En attendant, ma fillette, songe au dîner... j'ai promis du saucisson... tu relèveras cela d'une oie avec une salade.

JEANNE.

Je n'aurai pas le temps... toute seule. .

SCÈNE II.

LES PRÉCÉDENTS, MADAME TÉTARD.

PIRQUELET.

Voici fort à propos ma chère voisine.

MADAME TÉTARD.

Qu'y a-t-il pour votre service, voisin?

PIRQUELET.

Que vous aidiez un peu ma fille à nous faire à dîner... promptement.

MADAME TÉTARD.

Très-volontiers. . et en quel honneur?

PIRQUELET.

Vous étiez donc sortie toute cette matinée?

MADAME TÉTARD.

J'étais chez le vétérinaire pour mon fils qui a laissé la jument se faire une entorse.

PIRQUELET.

Alors, vous ne savez pas ma nouvelle dignité?

MADAME TÉTARD.

Mon Dieu, non! mais j'ai entendu qu'on riait joliment au café, et qu'on parlait de vous.. et je venais pour voir votre fille... et lui demander...

PIRQUELET.

Eh bien! elle va vous le dire. (*Haut.*) Dame! je n'en suis pas plus fier, allez... et je vous trouve toujours diablement appétissante..

MADAME TÉTARD.

Vous avez toujours été bien aimable, voisin.

PIRQUELET.

Vois-tu, ma fille... qu'il n'est pas nécessaire d'être un bel homme? Bonjour, voisine. (*Il sort.*)

SCÈNE III.

MADAME TÉTARD, JEANNE.

MADAME TÉTARD.

Vous avez l'air tout triste, ma bonne Jeanne.

JEANNE.

On le serait à moins, allez, madame Tétard. Figurez-vous que mon père s'est mis en tête, pour être quelque chose, de fonder la société des Laids... et on l'a nommé président...

MADAME TÉTARD.

Pourquoi vous chagriner? Ça lui va bien et ça ne vous empêche pas d'être jolie, ça.

JEANNE.

Et il veut qu'on soit de la société pour m'épouser.

MADAME TÉTARD.

Je conçois que ça vous ennuie, parce que vous êtes jeune... c'est vrai, faut s'habituer à ça, faut avoir de l'expérience. Tenez, mon défunt, c'était un bien joli garçon... dans sa jeunesse... toutes les filles en raffolaient. . ça oblige à bien des choses, allez... c'est bien triste, ma petite, un mari dont tout le monde est affolé... c'est pas comme mon fils... en voilà un qui ne ressemble pas à son père... il est bon et modeste...

JEANNE.

Pas si modeste!

MADAME TÉTARD.

On peut le corriger... mais il se tiendra sans cesse aux côtés de sa petite femme... Ça suffit bien, qu'il y en ait un de beau dans un ménage, voyez-vous ça, Jeanne?

JEANNE.

Je ne dis pas... mais avec un laid... qui fait partie d'une société reconnue...

MADAME TÉTARD.

Vous pouvez bien être sûre, puisque votre père est à la tête, qu'on n'y recevra que des gens honorables... Et puis, vous savez, il y a des degrés en toute chose... et tous les goûts sont dans la nature.

JEANNE.

C'est bien vrai, mais, je n'ai pas le même que vous... j'ai l'autre.

MADAME TÉTARD.

Oui, mais il ne faut pas dire : fontaine, je ne boirai pas de ton eau... Les beaux garçons, c'est comme la pierre qui roule... mon fils Tétard, à moi, savez-vous qu'il a amélioré le bien qui lui vient de funt son père. . et que ses deux champs iraient joliment avec les vôtres ?

JEANNE.

Oh ! ils sont bien éloignés, voisine.

MADAME TÉTARD.

Il est si agile, mon fils... il vous aura bientôt conduit sa charrue aux vôtres. C'est pas un embarras, ça.

JEANNE.

Je ne vais pas si vite, moi...

MADAME TÉTARD.

C'est égal, Jeanne... voyez-vous, ma petite... vous y viendrez pour me faire plaisir ainsi qu'à votre père... quand mon fils sera de la société. On aura des protections ! (*Elle arrange son fichu.*)

JEANNE.

Justement, il y aura des présentations ce soir.

MADAME TÉTARD.

Je vais chercher Isidore, il va être bien content de laisser sa jument pour vous voir... Avant cinq minutes je vous l'amène .. Patientez un peu.

SCÈNE IV.

JEANNE, *seule*.

Elle me déplaît aujourd'hui plus qu'à l'ordinaire, la voisine .. Elle fait des agaceries à mon père... et puis son fils est si vilain... et si envieux.

SCÈNE V.

JEANNE, PIERRE.

JEANNE, *surprise*.

Ah ! monsieur Pierre ?

PIERRE, *lui prenant la main*.

Mam'selle Jeanne.

JEANNE, *inquiète*.

On ne vous a pas vu ?

PIERRE.

Non... j'étais derrière la haie. . et j'ai laissé passer une femme qui sortait de chez vous.

JEANNE

Et si on vous voyait !

PIERRE.

Bah ! c'est la seconde fois que je viens de jour dans la paroisse et je dirais que je viens demander si mon oncle Requin est chez lui.

JEANNE.

Ah! c'est votre oncle, tant mieux!

PIERRE.

Oui, tant mieux... quoique... je ne l'aie pas vu... depuis cinq ans... mais quand il saura que c'est vous qui êtes ma promise...

JEANNE.

Si vous saviez, mon pauvre Pierre!.. ils se sont avisés de faire une société des Laids... mon père est président et il faut que son gendre...

PIERRE.

Soit de la société... J'en serai.

JEANNE.

Vous ne serez jamais assez laid, mon bon Pierre.

PIERRE.

Oh! pour vous plaire et vous épouser! soyez tranquille... je renoncerais à mes deux yeux.

JEANNE.

Je ne veux pas, moi.

PIERRE.

Quand j'étais petit... j'avais l'habitude de faire si bien les grimaces qu'on m'appelait le petit singe, de me contourner le visage, d'arranger mes habits, de prendre l'air que je voulais et de me contrefaire si joliment, voyez-vous, que c'était mon plaisir de surprendre les gens. Ça me servira, Jeanne.

JEANNE.

Mais comment vous présenter?... on ne vous connaît pas.

PIERRE.

Est-ce qu'il y aura du monde chez vous?

JEANNE.

Mais oui... toute la société dîne ici ..

PIERRE.

Et la musique, y en a-t-il?

JEANNE

Je ne crois pas.

PIERRE.

Ca me suffit, j'ai mon affaire.

JEANNE.

Comment?... Je veux savoir... Oh! mon Dieu! j'entends du bruit.

PIERRE (*Il gonfle sa figure à droite et aplatit ses cheveux, il paraît fort laid, et change sa voix.*)

Eh bien, marci, mamselle. (*Il va sortir, lorsque Tétard entre avec Requin.*) On reviendra pour voir le grain.

SCÈNE VI.

JEANNE, REQUIN, TÉTARD, *se rangeant pour laisser passer Pierre.*

TÉTARD.

En voilà un qui paraît furieusement laid... -- Votre serviteur, mam'selle Jeanne.

REQUIN.

Est-il pressé! Il n'attend pas son reste.

JEANNE.

Mais oui : il voulait voir mon père, pour le blé... je lui ai dit qu'il n'y avait pas moyen aujourd'hui

TÉTARD.

Avec une grosse fête et un grand dîner... ma mère va vous apporter des castrolles... et je vais aller au feu avec vous...

REQUIN.

Vous allez nous faire un bon diner, la belle enfant ?

JEANNE.

Oh ! monsieur Requin, vous savez bien, quand j'ai le temps et que je suis de bonne humeur, je ne cuisine pas trop mal.

REQUIN.

C'est vrai, oui-da... Et je vous prendrais bien pour ma ménagère... si vous vouliez me dire seulement... (*Il lui prend la taille, elle se dégage.*)

JEANNE.

Bonsoir ! — Bonsoir... je vais à mon oie.

TÊTARD.

Sans moi, mam'selle ?.. ma mère m'a bien dit de ne pas vous lâcher aujourd'hui...

JEANNE.

Ah ! votre mère a dit ça ?...

TÊTARD.

Oui, oui, parce qu'il va se passer bien des choses ce soir.

REQUIN, *à Jeanne qui s'en va.*

Ma petite Jeannette, vous m'appellerez pour descendre à la cave.

TÊTARD.

Non pas... c'est moi.

JEANNE.

Bien ! vous y descendrez ensemble.

TÊTARD, *galamment.*

Ah mais ! c'est pas ça que j'entends. (*Il veut la suivre, Requin le prend par le bras et le ramène.*)

SCÈNE VII.

REQUIN, TÉTARD.

REQUIN.

Doucement ! Qu'est-ce que tu fais donc, mon fillot ?

TÉTARD.

Pardi ! je la suis pour lui faire la cour...

REQUIN.

Tu ne vois donc pas que tu lui déplais, à la belle ?

TÉTARD.

Vous ne vous y connaissez plus, père Requin. Les jeunes filles, ça fait toujours les dédaigneuses d'abord... mais après... ma mère m'a promis d'enjôler le père... et maman s'y connaît... vous savez bien.

REQUIN.

Oui-dà, mon fillot; la veuve Tétard n'a point dit adieu... au badinage ..

TÉTARD.

Dame ! c'est une belle femme... elle aime à rire.

REQUIN.

Et toi ?

TÉTARD.

Moi ? je veux m'établir avec Jeanne

REQUIN.

Et tu n'es seulement pas de notre société.

TÉTARD.

Tenez, père Requin... vous êtes un brave homme... quel âge avez-vous ?

REQUIN

Hé, hé ! j'ai dépassé la cinquantaine, mais je suis bien conservé.

TÉTARD.

Sans doute. . mais c'est plus le temps de débuter dans le mariage...

REQUIN.

Si la jeunesse y consent, ça ne te regarde pas.

TÉTARD.

Vous avez raison... mais, tenez, donnez-moi votre voix... quand je vas me présenter. .

REQUIN.

Nenni !

TÉTARD.

Qué que ça vous fait ?

REQUIN.

Ce que ça me fait ? Est-il jeune, cet enfant-là ? Mais si tu épouses Jeanne. . je ne peux pas être son mari.

TÉTARD.

Ça c'est vrai. . mais je vous baillerai une pipe de cidre en récompense...

REQUIN.

J'aime mieux garder ma chance.. tant qu'elle sera libre, rien n'est désespéré .. Si elle ne m'épouse pas .. eh bien ! je vais rôder autour d'elle pour empêcher tout le monde de la flagorner.

TÉTARD.

Êtes-vous donc jaloux, père Requin ? C'est pas moi qui serais comme vous, allez. .

REQUIN

C'est bon, c'est bon... ce n'est pas moi qui te patronerai toujours !

TÉTARD.

Ce n'est pas votre dernier mot : j'en suis sûr.

REQUIN.

Est-il entêté cet étourneau-là !

TÉTARD.

Vous êtes meilleur que vous ne dites, allez.

SCÈNE VIII.

LES PRÉCÉDENTS, PIRQUELET, *la face enluminée.*

PIRQUELET.

Eh bien, les amis !

TÉTARD.

Votre serviteur, notre président.

PIRQUELET.

Comment notre président ? je ne suis pas le tien, mon gars.

TÉTARD.

Avec votre permission, vous allez le devenir ce soir.

REQUIN.

Oui, ce museau-là se met sur les rangs.

PIRQUELET.

Tu n'y songes pas... tu es trop jeune... et puis tu n'as pas fait tes preuves.. Tu es d'une laideur très-médiocre.

TÉTARD.

Vous êtes bien dégoûté..... qu'est-ce que vous voulez donc ?

PIRQUELET.

Dame ! regarde Requin, qui n'est que mon vice-président.

TÉTARD.

Mais, notre président, je n'aspire pas aux honneurs, moi, je demande à être le plus simple des membres.

REQUIN,

Ton ambition est démesurée... que peux-tu faire valoir en ta faveur ?

TÉTARD.

D'abord, voyez-vous, mon œil gauche est jaune, et le droit est gris, et mon nez est trop court d'un doigt...

PIRQUELET, *s'approchant.*

Ça ne se voit pas .. tu n'es pas connu comme un laid dans le bourg.

REQUIN.

Pirquelet, mon ami, tu as déjà la vue un peu trouble, je vas l'examiner... *(Il lui souffle dans l'œil gauche.)* L'œil gauche est très-présentable.

TÉTARD.

J'ai la jambe droite plus courte que l'autre. (*Il marche en boitant.*)

REQUIN, *lui frappant sur l'épaule et le faisant se redresser tout-à-coup.*

Nous en conte-t-il des couleurs? si on peut se déformer ainsi ! c'est une bassesse, ça

PIRQUELET

Ah ! çà n'est pas franc. . c'est à la laideur naturelle qu'est réservé l'honneur d'entrer dans notre société.

TÉTARD.

Ce sont mes habits qui me rendent beau... je vas les ôter comme à la révision.. où le major m'a trouvé assez laid pour me réformer.

PIRQUELET.

Le major et nous ça fait deux .. son jugement ne m'influence pas. On entre dans la société complet... y compris les habits... tant pis s'ils t'embellissent! faut produire son effet... vois-tu, mon gars, ton élection me semble bien compromise.

TÉTARD, *finement à l'oreille de Pirquelet.*

Maman m'a dit qu'elle vous parlerait... et vous comprendrez mieux... Au revoir... je vas tourner la broche de votre fille. .

PIRQUELET.

Va, mon garçon... et prends garde de te brûler.

SCÈNE IX.

PIRQUELET, REQUIN.

REQUIN.

Est-ce que tu viens du feu, mon vieil ami, que tu es rouge comme un brasier ?..

PIRQUELET.

Non, mais j'ai goûté mes cidres et mes vins... pour les reconnaître.

REQUIN, *riant.*

Oui, tu as poussé loin la reconnaissance.

PIRQUELET.

Un jour comme celui-ci... le plus beau de ma vie.

REQUIN.

Et qui pourrait être le plus beau de la mienne.

PIRQUELET.

Bien, Requin .. tu ne m'en veux pas de l'avoir emporté ?

REQUIN.

Oh non ! je voudrais même être encore plus ton subordonné.

PIRQUELET

Vice-président, parle sans détour.

REQUIN.

Quel âge me donnerais-tu bien ?

PIRQUELET.

Ça dépend... Quand tu as bien bu, tu rajeunis.

REQUIN.

Oui, mais en moyenne... au lever du jour ?. .

PIRQUELET.

Je ne t'ai pas vu naître d'abord... Qui est-ce donc qui a pu te voir naitre dans le bourg ?

REQUIN.

La mère Alix.

PIRQUELET.

Les gens de soixante-dix ans... Est-ce que soixante ans te fâcheraient alors ?

REQUIN.

Je ne les aurai qu'à la fin du mois...

PIRQUELET.

Tu boiras ce soir-là... ça les retardera un peu.

REQUIN, *lui prenant le bras.*

Dis donc, vieux, je suis un bon enfant, moi... je suis de ta société. . ça suffit-il pour épouser ta Jeanne?

PIRQUELET.

Requin, mon ami... tu rajeunis... tu as bu un coup aussi... il faut être de la société pour épouser ma fille, c'est vrai. . mais je ne veux pourtant pas cesser d'être père, parce que je suis président. . Aussi il faut plaire à ma fille, par-dessus le marché, parce que sans cela, toute la société aurait droit de l'épouser...

REQUIN.

J'entends bien... mais tu ne t'y opposes pas ?

PIRQUELET.

Non pas... La jeunesse est libre... si elle veut de tes soixante ans... Elle peut choisir qui elle voudra... sans sortir de notre cercle.

REQUIN.

C'est pour cela que Têtard veut se faire affilier.

PIRQUELET.

Ah ! le gaillard !.. après tout, je comprends ça, moi... et j'en ferais bien autant à sa place . Dis donc, sais-tu que je suis plus jeune que toi ? Ton idée m'en a fait venir une autre... ma présidence me ragaillardit... et je me sens en humeur de me marier, si je place ma fille ce soir... Il est vrai que je ne vois personne, mais bah ! pas tant de soins ! au petit bonheur ! le concours sera ouvert au dessert...

SCÈNE X.

LES MÊMES, PIERRE.

PIERRE, *il a mis une grosse veste ; une vielle sur le dos ; la joue gauche énorme, la lèvre pendante, le regard d'un idiot, une bosse légère : il parle difficilement.*

Monsieur Pirquelet... j'ai l'honneur... et toute la compagnie.., je suis venu, parce que il y a une fête ici... on m'a dit dans le pays que vous aviez fondé une société, et je deviens vous saluer comme président avec ma manivelle...

PIRQUELET, *prenant Requin par le bras.*

Il est richement laid... pour peu qu'il soit du département, on le nommera Laid correspondant.

REQUIN.

Je t'assure... Pirquelet, qu'il n'est pas si mal...

PIRQUELET.

Jaloux !... mais regarde-moi ces jambes-là.

REQUIN.

Elles n'ont rien de si extraordinaire...

PIRQUELET.

C'est drôle... c'est drôle... tu lui en veux ..

REQUIN.

Pourquoi ?

PIRQUELET.

J'en ignore... mais tu ne peux pas supposer que je le favorise pourtant.

PIERRE.

Je suis le vielleux de toutes les fêtes d'alentour... et ma vue suffit pour dérider tout le monde...

PIRQUELET.

Je comprends ça, mon garçon ; tu nous joueras tes meilleurs airs à la fin.. tu me plais d'abord... Aimes-tu à boire un peu ?

PIERRE.

Je veux bien, patron... pour vous obéir, parce que m'est avis que vous devez avoir une bonne cave... et il fait un rude soleil.

PIRQUELET.

Tu vas te rafraîchir... mais qu'est-ce qui t'a envoyé ici ?

PIERRE.

La voix publique donc .. on ne parle que de la société partout.

PIRQUELET, *flatté.*

Déjà !

PIERRE.

Ah ! ça fera du bien au pays... Il paraît que vous allez donner des prix aux jeunes gens du canton.

PIRQUELET.

C'est une idée, ça... Nous aurons une fête comme à Nanterre... seulement nos rosières... seront des rosières mâles..

PIERRE.

Des rosiers.

REQUIN.

Oui, parbleu... ce sera original. Voilà une nouvelle branche d'industrie à cultiver...

SCÈNE XI.

LES PRÉCÉDENTS, MADAME TÉTARD.

MADAME TÉTARD.

Bonjour, voisin... l'oie avance, et la société vient... mais pour vous être agréable, j'ai envoyé mon fils au-devant avec son fifre.

PIRQUELET.

Oui... mais j'ai trop soif.. pour attendre... leur venue... (*Il s'approche de madame Tétard*) Je vous ai toujours trouvée bien aimable... voisine, mais aujourd'hui, vous avez un petit air... tenez .. apportez-nous de l'absinthe... que nous trinquions ensemble... en petit comité.

MADAME TÉTARD.

Ah ça... quel est donc ce gaillard-là ? Je ne le connais pas... est-il laid !

PIERRE.

Je suis Lentounoir... le vielleux... oh ! j'ai ben souvent entendu parler de vous, la belle veuve, allez... on vous connaît à plus de trois lieues à la ronde...

REQUIN.

Le vielleux à raison... le soleil est chaud et Pirquelet à une fameuse idée... Madame Tétard, on attend votre absinthe...

MADAME TÉTARD, *en s'en allant*.

Est-ce que ce gas-là est venu pour nuire au fifre de mon fils avec sa vielle ?..

SCÈNE XII.

PIRQUELET REQUIN, PIERRE, JEANNE, *rentrant par la deuxième porte.*

JEANNE.

Papa, voilà le monde...

PIRQUELET.

Bien, qu'on apporte la table...

PIERRE, *s'approchant.*

C'est-y là votre jeunesse, père Pirquelet ? Un beau brin de fille.. par ma foi. .

JEANNE, *le reconnaissant.*

Ah !

REQUIN.

Qu'avez-vous donc, fillette ?

JEANNE.

Qu'il est laid !.. Est-ce possible ?

PIRQUELET.

Ce n'est rien que ça... c'est une faveur du ciel... faut pas en avoir peur comme ça, de ce garçon .. il te fera joliment danser, si tu veux.

SCÈNE XIII.

Les Précédents, MADAME TÉTARD.

MADAME TÉTARD.

Je ne peux pas apporter la table toute seule.

PIERRE.

Je vas vous aider.

JEANNE.

Et moi aussi.

MADAME TÉTARD.

Il ne m'a plus l'air si bancal ; — mais me déplaît-il ce vielleux-là !

(*Ils sortent laissant la porte ouverte.*)

SCÈNE XIV.

PIRQUELET, REQUIN.

PIRQUELET.

Les honneurs altèrent... Dépêchez-vous, madame Tétard... je veux vous voir.

REQUIN.

Tu vas t'échauffer... Pirquelet... tu vas t'échauffer pour la Tétard...

PIRQUELET, *riant.*

Eh ! eh ! Elle est fameusement conservée, la commère.

SCÈNE XV.

LES PRÉCÉDENTS, MADAME TÉTARD, JEANNE, PIERRE, *apportant la table avec les couverts. On entend un fifre.*

MADAME TÉTARD.

Voilà.

JEANNE.

Papa, voilà l'absinthe...

MADAME TÉTARD, *versant dans cinq verres, en présente un à Pirquelet...*

A l'honorable président!

PIRQUELET, *lui prenant la taille.*

Aux souvenirs!

REQUIN, *trinquant avec Jeanne.*

Aux amours !

PIERRE, *prenant la main de Jeanne.*

Au bonheur !
(*On entend le fifre et on voit paraître Têtard.*)

SCÈNE XVI.

LES PRÉCÉDENTS, TÊTARD. *Les membres de la société au nombre de six ; quatre paysannes.*

TÊTARD, *joue du fifre à la société.*

CHŒUR.

Venez, venez, jeunes fillettes,
Les Laids, les Laids, les Laids, les Laids sont réunis,
Et c'est la plus belle des fêtes
Qui distinguent notre pays !

LES PAYSANNES.

Nous apportons notre suffrage
A l'honorable président !
Il est généreux, il est sage,
Et pour chacune il est galant !

TOUS.

Vive le digne président !

PIRQUELET, *ému.*

Mes enfants... ça me fait du bien de vous voir... Je vais d'abord vous embrasser... (*Il embrasse les paysannes ; au moment où sa fille s'approche, madame Têtard lui saute au cou.*) Fichtre ! comme elle vous serre !... elle m'a presque étouffé.

REQUIN.

Si on se mettait à table...

TÉTARD.

Oui... ça ne me ferait pas de mal...

PIRQUELET.

Prenez vos places... allons vielleux, à côté de ma fille... On connaît l'hospitalité, et puis ta figure mérite des égards. (*Jeanne est entre Pierre et Têtard, Requin la regarde furieux ; madame Têtard est à gauche de Pirquelet.*)

PIRQUELET.

La séance est ouverte.

Remplissez vos verres.. et buvez... afin de mieux écouter. C'est moi qui vais vous parler.

Messieurs... et mesdames... Mon cœur est trop plein... pour que toutes les paroles... que... dans un moment .. pareil... unique dans mon existence... grâce à la bienveillance .. dont m'a honoré l'élite... intelligente qui figure à cette table... pour que... je puisse... (*Il se trouble et balbutie de plus en plus.*) Ah ! mon Dieu ! l'émotion... qui remplit... mon cœur... Ne croyez pas, messieurs... non... ne croyez pas que je sois venu... sans y avoir songé.

TÉTARD.

Buvons à notre président !

REQUIN.

Tais-toi donc !.. tu n'as pas le droit de dire notre... (*Il se lève.*) Je propose avec émotion de boire à notre président.

PIRQUELET.

Merci... mais ne croyez pas... j'ai écrit... je vais vous lire mes expressions. (*Il tire un papier et lit.*)

Messieurs et mesdames... mon cœur est trop plein... pour que toutes mes paroles...

REQUIN.

Bravo !

PIRQUELET, *continuant.*

Dans un moment pareil... ne manquent pas de termes... comme la langue française...

TÉTARD.

Bravo !

REQUIN, *à voix basse.*

Assieds-toi, président, et mangeons...

PIRQUELET.

Mes amis, vous m'avez compris !. .

MADAME TÉTARD, *lui serrant la main.*

Donnez-moi votre papier, que je le garde sur mon cœur.

PIRQUELET.

Il y a encore quelque chose dessus.. j'en ai besoin (*On mange.*)

JEANNE.

Papa, assieds-toi donc... tu es fatigué...

PIRQUELET.

Jamais... ma fille... Pour en finir... j'ai encore trois choses...

TOUS, *levant leurs verres.*

Vive le président Pirquelet !

PIRQUELET.

Nous allons procéder à l'élection des candidats... Que tous ceux qui se présentent lèvent la main... Les femmes sont exclues... de droit... comme se donnant le genre d'être la plus belle moitié de l'espèce dont nous faisons partie.

TÉTARD *levant la main.*

Je demande la parole.

REQUIN.

Le silence le plus absolu est imposé au candidat.

TÉTARD.

Je me tais.

PIRQUELET.

Gendarmes, emmenez le candidat.

REQUIN.

Nous n'avons pas de force armée.

PIRQUELET, *solennellement.*

La meilleure force pour retenir un des nôtres... (*gracieusement.*) Ce sont les femmes.. Je confie la garde du candidat à deux de mes voisines. (*Tétard sort entre deux femmes.*) Nous votons... Que ceux qui sont pour l'admission... lèvent la main... (*Quatre mains se lèvent lentement, Requin et Pirquelet s'abstiennent.*) Vice-président Requin, comptez les voix.

REQUIN.

Une... deux... quatre.

PIRQUELET.

Pas de majorité ! La contrépreuve ! Que ceux qui ne sont pas pour l'admission lèvent la main. (*Requin le premier la lève et Pirquelet le dernier.*) Requin, comptez les voix.

REQUIN, *triomphant.*

Quatre.

PIRQUELET.

Quatre contre quatre. — Ballottons, second tour.

MADAME TÉTARD, *à Pirquelet.*

Ah ! voisin... je ne vous aimerai plus . (*Pirquelet semble résister ; elle se lève, et dit à l'oreille de Requin :*) Mon petit Requin ! je vous embrasserai tant que vous voudrez. Je vous en prie.

REQUIN *refusant.*

Que diable ! on nous regarde, vous me compromettez !

JEANNE.

Papa, s'il y avait d'autres candidats...

PIRQUELET.

Un instant, ma fille ! — Ballottons : pour...

REQUIN.

Quatre voix ! (*Pirquelet a levé la main ; un autre s'est abstenu.*)

PIRQUELET.

Contre !

REQUIN.

Quatre voix.

MADAME TÉTARD.

Pirquelet... vous êtes un monstre si vous ne faites pas passer mon fils, puisque vous êtes le maître...

PIRQUELET, *assis*.

La voix du président étant prépondérante au second tour en cas de partage, le candidat Gilles Tétard est admis

TOUS.

Vive Gilles Tétard !

PIRQUELET.

Je délègue la voisine Tétard pour ramener le nouveau membre.

TÉTARD, *rentrant*.

Merci, maman. (*Il embrasse Jeanne.*) Ah ! mamselle, je suis donc digne de vous épouser.

JEANNE.

Par exemple !

TÉTARD.

Si vous voulez.

JEANNE.

Nous verrons.

PIRQUELET.

Jeune homme, contenez la fougue de votre joie... et finissons-en avec ces formalités... Avant que je vous donne l'accolade, candidat, quelle est la position de vos parents ?

TÉTARD.

Je ne sais pas au juste... ma mère est à côté de vous. voilà ce que je peux répondre.

PIRQUELET.

Ça suffit... vos principes sont connus. Au nom de la société, je vous confère le titre de frère Laid.

TÉTARD.

Bravo !... faut-il parler... comme vous tout-à-l'heure ?

PIRQUELET.

Non. Le président seul a la parole dans la société... Je n'ai plus qu'à vous donner l'accolade pour vous compléter. (*Il la lui donne gravement.*)

TÉTARD, *assez bas.*

Et bien ! et le concours pour votre fille ?

PIRQUELET.

Silence !... S'il n'y a plus d'autre candidat... je vais finir l'exposé de mes résolutions.

PIERRE.

Si je puis me présenter ?

REQUIN.

Il n'est pas domicilié dans la commune...

PIERRE.

Je suis du département.

PIRQUELET.

Il sera correspondant.

REQUIN.

Oui, comme ça, on nommera tout le monde.

PIRQUELET.

Tu vois, Requin, que c'est toi qui commences... tu fais de l'opposition... Il faut toujours que tu parles, c'est plus fort que toi. (*Requin fait des gestes de dénégation.*) Reprenons avec calme les affaires sérieuses de la société. Qu'on emmène le candidat. (*Deux autres paysannes sortent avec Pierre.*)

TÉTARD.

Il est encore plus laid qu'en arrivant, mais je ne vote pas pour lui...

PIRQUELET.

Ceux qui votent pour... (*Trois mains se lèvent.*) Pas de majorité... Ceux qui votent contre. (*Requin et Tétard lèvent seuls la main.*) A recommencer... après cinq minutes de préparation.

JEANNE, *se levant, à Requin.*

Mais vous ne savez donc pas quel est le vielleux?

REQUIN.

Non, mais il me déplaît...

JEANNE.

C'est votre neveu... que vous aimiez tant... autrefois...

PIRQUELET.

Pierre Tabouret, le serrurier ?

JEANNE.

Mais oui... Il m'a connue à la dernière fête de Bourg-Labbé.

REQUIN.

Ah! ah! (*Il embrasse Jeanne.*) La farce est bonne... et tu veux que je vote pour lui? (*Il l'embrasse encore.*)

MADAME TÉTARD.

Qu'est-ce qu'il fait donc Requin à embrasser toujours Jeanne?.. il y a du gachis là-dessous.

PIRQUELET.

Nous reprenons... ceux qui votent pour le vielleux.... (*Les trois mêmes lèvent la main, puis Requin, puis Pirquelet.*) Cinq, y compris le président... Ma fille... ramenez le candidat.

PIERRE, *rentrant.*

J'attends à distance sans rien dire.

PIRQUELET.

Candidat... je vous déclare frère Laid... correspondant.

MADAME TÉTARD.

Son nom? et la position de ses parents?.. Il y a donc de l'injustice ici?

PIRQUELET.

Voisine, ne m'interrompez pas dans l'exercice de mes fonctions.

MADAME TÉTARD.

Il se passe des perfidies... je m'en vas avec mon fils.

TÉTARD.

Non. . maman... c'est pas fini... laisse-moi donc faire.

PIRQUELET.

Mes amis... on a de tout temps remarqué qu'il y a des compensations ici-bas .. Les beaux fruits ne sont pas toujours les meilleurs, les beaux hommes sont méchants .. les laids en général sont bons... Persuadé de cette vérité.., vérifiée par mon expérience personnelle, et voulant témoigner toute mon estime à mes honorables confrères, je déclare qu'il suffit d'être de la société pour aspirer à la main de ma fille... Elle est libre du reste de prononcer... je ratifie d'avance son choix, sachant qu'il ne peut être déplacé, dès lors qu'il tombe sur un de vous. Elle arrêtera celui qui lui conviendra... Vous êtes admis à défiler devant elle. Holà ! le vielleux et Tétard... à vos instruments !

REQUIN, *s'avance le premier. Bas, à Jeanne.*

Ah ! rusée, tu le connaissais donc ?

JEANNE.

Pierre ? il y a plus de trois mois. (*Requin veut lui prendre la main ; elle fait une révérence.*)

PIRQUELET.

A un autre... elle a retiré sa main.

TÉTARD, *à sa mère qui veut le retenir.*

Veux-tu me laisser défiler, maman ? (*A Jeanne.*) Mademoiselle... vous vous souvenez de ce que je vous ai dit. Par ainsi... avec moi, voyez-vous, comme je serai toujours aux champs, vous ferez ce que vous voudrez. (*Il veut saisir sa *main, elle la retire vivement et fait une profonde révérence.*)

MADAME TÉTARD.

Sortons, mon fils.. Faut pas digérer cet affront-là en public!

PIRQUELET.

Écoutez-moi donc...

MADAME TÉTARD.

Vous, vous n'êtes qu'un vieil enjoleux! (*Elle se retire vers le fond avec son fils désespéré.*) Il y a longtemps que je le sais.

PIRQUELET.

Mais qu'elle est donc mauvaise, aujourd'hui, la voisine!

PIERRE, *s'avance en jouant de la vielle.*

Mademoiselle Jeanne... je vous aime... beaucoup. . et si vous m'aimez un peu...

TOUS.

Il a dit quelque chose, le vielleux. (*Jeanne avance sa main.*) Bravo! le choix est fait.

MADAME TÉTARD, *à son fils.*

Mais sors donc, imbécile!

PIRQUELET.

A la santé de mon gendre! viens, mon gendre, me dire au juste qui tu es.

PIERRE, *cessant de se contrefaire.*

Le neveu de maître Requin, serrurier du Bourg-Labbé.

UNE PAYSANNE.

Mais est-il gentil au moins!

LES AUTRES.

Nous n'en ferions pas autant!

PIRQUELET.

En voilà un de beau parmi nous! Tant pis! une fois n'est

pas coutume... Et maintenant, entonnons la chanson de la société.

Les laids, les laids
Sont des gens parfaits,
Ils n'font pas de traits!
Vivent les laids!

REQUIN.

Il faut nous aimer, mesdames
Pour vivre avec agrément;
Les laids ont de belles âmes
Faites pour le sentiment.

CHŒUR.

Les laids, etc.

TOUS.

Des laids chantons la louange,
Que de laids hommes de bien!
Parmi nous que l'on se range!
Au fond, la beauté n'est rien.
Les laids, les laids
Sont des gens parfaits,
Ils n'font pas de traits!
Vivent les laids!

(*Le rideau tombe*)

FIN.

Sceaux. — Imprimerie de Munzel frères.

UNE MOITIÉ D'ÉLÉPHANT.

UNE

MOITIÉ D'ÉLÉPHANT

Charge américaine. — Un Acte.

PERSONNAGES :

BLAGFORD, plein de flegme. . . . . 45 ans.
FREEPONK, plus vif. . . . . 40 ans.
RICHMAN, homme ennuyé. . . . . 33 ans.
Mme **BLAGFORD**, très vive. . . . . 20 ans.
Mme **HARDYLIP**, veuve, parlant avec circonspection. 25 ans.
JOHN, garçon d'hôtel. . . . .
La trompe de l'**ÉLÉPHANT MIDAS**.

Le théâtre représente une grande salle : porte au fond, ouvrant à deux battants; deux portes à gauche; une fenêtre à droite, et tout près une table et ce qu'il faut pour écrire; sur le devant, un canapé en crin et des chaises.

L'action se passe à Boston, ou dans une ville quelconque des États-Unis.

SCÈNE I.

BLAGFORD et **JOHN** entrant.

BLAGFORD.

C'est bien ici qu'est descendu l'éléphant Midas!

JOHN.

Oui, monsieur. Nous avons l'honneur de le loger avec sa suite.

BLAGFORD.

Très bien. Alors M. Freeponk loge ici?

JOHN.

Oui, monsieur.

BLAGFORD.

Très bien. Comment se porte-t-il ?

JOHN.

Qui, monsieur ! L'éléphant ?

BLAGFORD.

Sans doute.

JOHN.

Ça aurait pu être M. Freeponk.

BLAGFORD.

Non ; Midas. C'est lui qui m'intéresse d'abord. Parlez-moi de Midas.

JOHN.

Oui, monsieur. Midas, vous savez, a l'air de se plaire dans notre ville et de se trouver bien à l'hôtel *des Treize Étoiles ;* c'est qu'on est aux petits soins pour lui. Il rapporte gros par jour, allez... à ses deux représentations publiques... sans compter les séances particulières pour les dames qui désirent le voir dans son intérieur.

BLAGFORD.

Bien, très bién ! Les recettes sont fructueuses et la santé est bonne. C'est ce qu'il faut.

JOHN.

Si monsieur désire une entrevue privée avec Midas...

BLAGFORD.

Plus tard.

JOHN.

Il est très bien élevé, vous savez... d'une politesse... à toute épreuve... il a même des habitudes chevaleresques. Nous avons ici, à la seconde porte, une jeune veuve à laquelle il présente tous les jours un bouquet... Par exemple, je ne pourrais pas dire au juste si c'est de sa part, ou de celle de M. Freeponk...

BLAGFORD.

Que contez-vous donc là ?

JOHN, *baissant la voix et s'approchant de Blagford.*

Monsieur, cette dame semble avoir une passion pour Midas. Elle le caresse, elle va jusqu'à l'appeler : Cher petit! — Et M. Freeponk paraît d'un autre côté avoir des intentions et des espérances (Geste de Blagford.), ça ne me regarde pas, c'est vrai, et vous vous informez seulement de Midas. Mais, vous savez, on peut souvent juger du maître par l'animal... C'est si intelligent, ces bêtes-là, et la nôtre, voyez-vous, est plus spirituelle que bien des personnes de ma connaissance ; Midas aurait deviné les intentions de son maître... que ça ne m'étonnerait pas.

BLAGFORD.

Bien. Est-ce tout ?

JOHN.

Je puis encore vous dire que, depuis huit jours, notre maison ne désemplit pas ; on y vient coucher, déjeuner, dîner, pour avoir des renseignements particuliers sur Midas... Il est, sans contredit, le lion de la saison... et mon maître se propose de demander à M. Freeponk l'autorisation de nous appeler l'hôtel de l'Éléphant... en payant... bien entendu...

BLAGFORD.

Cela suffit. Une dame viendra me demander : c'est ma femme. Vous la conduirez à ma chambre.

JOHN.

Oui, monsieur.

(Il sort par le fond.)

SCÈNE II.

BLAGFORD, descendant le théâtre les mains derrière le dos.
RICHMAN, entrant.

RICHMAN.

Monsieur! (Blagford se retourne lentement.) Pardon, monsieur. Je vous prenais pour M. Freeponk... J'ai si mauvaise vue!

BLAGFORD.

Que lui voulez-vous?

RICHMAN.

Mais il me semble...

BLAGFORD.

S'il est question de Midas, vous pouvez aussi bien vous adresser à moi.

RICHMAN.

Je ne crois pas que ce soit absolument la même chose.

BLAGFORD.

Peut-être...

RICHMAN.

Après tout, il n'y a rien de confidentiel... Je m'appelle Richman, monsieur, et je suis à mon aise; malgré tout, je m'ennuie à périr... Pourtant, monsieur, je suis allé deux fois en France... pour m'égayer... il n'y a qu'un seul homme que je n'aie jamais vu rire à Paris : c'est moi. Mon ennui dépasse de beaucoup ma fortune. (Il réprime un bâillement.) Je travaille depuis longtemps à imaginer des désirs à mon usage... Je crois en avoir trouvé un, même deux... depuis quatre jours. (Blagford le regarde attentivement.) Je vous ennuie, n'est-ce pas? Là — franchement.

BLAGFORD.

Non, vous m'étonnez.

RICHMAN.

J'en ai étonné bien d'autres. — Il y a des hommes qui aiment les chiens; d'autres raffolent des poissons ou des tortues. Moi, j'étais resté insensible pendant trente trois ans à l'amitié de mes semblables et même de tous les animaux... mais, depuis que j'ai vu Midas... tout est changé.

BLAGFORD.

Comment?

RICHMAN.

J'avais assez bien déjeuné. On semblait trouver généralement le soleil beau et l'air pur... Je suivis la foule... et je me trouvai presque en face de Midas. Il parut heureux de me voir... attacha tout-à-coup ses deux petits yeux sur moi... et puis il les porta sur une autre personne... Dès cette heure, j'ai compris qu'il y a des destinées irrévocablement unies...

BLAGFORD.

Je ne saisis pas très bien la conclusion définitive. Que voulez-vous au juste?

RICHMAN.

Vivre avec Midas.

BLAGFORD.

Le fait est que la bête est intelligente comme toute sa race... aimable comme une colombe, fidèle comme un chien, douce comme un agneau. Mais Midas est habitué à son cornac que l'on ne peut pas destituer brutalement et sans raison.

RICHMAN.

Oh! monsieur! Je ne le priverais pas de son cornac, si cette séparation devait lui causer le moindre chagrin. Je voudrais lui faire une existence charmante... ne plus le montrer à ces milliers de gens qui ne savent pas apprécier toute sa délicatesse... Je voudrais le garder pour moi tout seul... et cette autre personne...

BLAGFORD.

Bien. .

RICHMAN.

Vous concevez : on ne rencontre pas tous les jours un homme qui soit lié avec un éléphant... aux États-Unis du moins. Étudier son caractère, ses mœurs, ses affections; mettre un terme à ses voyages salariés... lui offrir l'hospitalité pour le reste de ses jours, voilà ce qui convient. On me traitera d'homme bizarre, soit; les autres riront, tant mieux, et plût au ciel que je pusse rire aussi! j'en serais charmé. Quoi qu'il arrive, il ne me paraît pas inconvenant de s'attacher à un être de cette dimension... mais à un serin, comme les grisettes de Paris, ou à un poisson rouge comme les rentiers modestes! fi donc! c'est trop petit!... Une cage, ou un bocal c'est insuffisant pour renfermer l'objet de ma prédilection.

BLAGFORD.

Voilà de grands sentiments qui vous honorent... mais concluez.

RICHMAN.

Je conclus... que j'achète Midas.

BLAGFORD.

Nous pouvons vous le vendre. Vous le connaissez; il n'y a plus qu'à s'entendre sur le prix.

RICHMAN.

Mais, monsieur... vous n'êtes pas M. Freeponk.

BLAGFORD.

Que vous importe? Vous ne remettrez les dollars, suivant l'usage, qu'au moment de la livraison.

RICHMAN.

(A part.) J'ai été prévenu... C'est singulier que cette idée soit venue à deux hommes en même temps. — (Haut.) Alors vous seriez le propriétaire?

BLAGFORD.

Si vous le permettez.

RICHMAN.

Voilà qui peut changer bien des choses... Avec M. Freeponk, l'affaire était en bon train : je le connais, je lui ai parlé.

BLAGFORD.

Bien.

RICHMAN.

Je lui ai même fait remarquer que Midas a l'oreille droite bien plus petite que l'oreille gauche, et qu'il porte mal la queue... Il est vrai qu'il est si jeune... cinq ans au printemps prochain... Mais pourtant ce sont deux taches qui lui ôtent de sa valeur.

BLAGFORD.

Voyez, monsieur, réfléchissez ; mais ne concluez rien sans m'avoir consulté, car, je vous en avertis, le marché ne serait pas valable.

RICHMAN.

Je vous remercie de ce renseignement. J'y songerai. Au revoir.

(Il sort par le fond.)

SCÈNE III.

BLAGFORD, un instant seul. — Madame **HARDYLIP**, sortant de sa chambre.

BLAGFORD.

Quel original! Il y mettra le prix, s'il achète. Mais je ne puis vendre seul : le contrat m'engage. Il est vrai que l'on tient d'une si singulière façon le marché... de l'autre côté. Les recettes sont magnifiques... et depuis bientôt deux mois je n'ai rien touché. (Apercevant madame Hardylip.) La veuve à laquelle Freeponk réserve ma part sans doute. (Il s'approche.) Pardon, madame, vous connaissez M. Freeponk, je crois ?

MADAME HARDYLIP.

Oui, monsieur.

BLAGFORD.

Ne pourriez-vous pas me dire quand il rentrera?

MADAME HARDYLIP.

Bientôt... je pense; mais, comme je le verrai certainement, vous pouvez me dire le motif de votre visite... si vous êtes trop pressé pour attendre...

BLAGFORD.

Madame est madame Fr...

MADAME HARDYLIP, *souriant*.

Pas tout-à-fait. (A part.) C'est une demande d'association, probablement.

BLAGFORD, *bas*.

Elle se parle à elle-même et se met sur ses gardes... (Haut.) Madame, quelqu'un avec lequel je suis fort lié... désirerait entrer en relation avec M. Freeponk... si le succès de Midas est, en effet, tel qu'on le dit.

MADAME HARDYLIP.

Enorme, phénoménal, glorieux, monsieur! C'est moi qui, désormais, vais le présenter aux dames qui désirent avoir une entrevue tout-à-fait particulière... et je vous assure qu'avec cet arrangement plus convenable, tous les hommes étant exclus... la salle sera remplie...

BLAGFORD.

Pour ces séances intimes, le prix d'entrée est naturellement plus élevé?

MADAME HARDYLIP.

Il n'est que quintuplé... Nous avions d'abord eu l'idée de vendre les billets aux enchères, mais nous n'avons pas osé...

BLAGFORD.

Ce moyen-là ne réussit pas infailliblement... Enfin, chaque jour, les bénéfices sont plus que respectables.

MADAME HARDILYP.

On peut vivre à deux confortablement... sur les bénéfices... comme revenus, après un honnête capital amassé.

BLAGFORD.

Est-ce que M. Freeponk n'a point d'associé?

MADAME HARDYLIP.

Non, monsieur... les associations entraînent tant d'ennuis. D'ailleurs, quand les affaires vont bien, partager, n'est-ce pas perdre? Lorsqu'il se mariera, sa femme sera son associée; c'est là, je crois, le moyen le plus sûr d'éviter toute discussion..

BLAGFORD.

L'éléphant est donc sa propriété?

MADAME HARDYLIP.

Mais, monsieur... vos questions...

BLAGFORD.

J'ai le droit de les faire, madame, et de vous les adresser... puisque vous avez daigné vous-même m'inviter à voir en vous l'associée très prochaine de M. Freeponk...

MADAME HARDYLIP.

Ce ton presque menaçant, monsieur...

BLAGFORD.

Je vais être franc, madame, dans votre intérêt aussi bien que dans le mien. Si Freeponk s'est présenté à vous comme le propriétaire unique de Midas; s'il vous a promis de vous épouser après avoir réalisé un certain bénéfice... s'il vous a fait espérer comme revenu pour tenir votre maison tout le gain résultant des représentations... il ne s'est pas conduit en gentleman. (Il se redresse.) J'étais avant lui le seul, et maintenant je suis le principal propriétaire de Midas.

MADAME HARDYLIP, *avec un cri.*

Le monstre! Il m'a trompée avec son éléphant... C'est là toute la fortune qu'il m'apportait. Malheureuse que je suis de l'avoir cru! (Elle se retire précipitamment dans sa chambre.)

BLAGFORD.

L'ennemi se retranche : la première sortie n'a pas été heureuse.

SCÈNE IV.

BLAGFORD, JOHN, entrant par le fond; puis **FREEPONK.**

JOHN.

Monsieur, j'ai dit à M. Freeponk que vous l'attendiez... il vient.

BLAGFORD.

Bien, John. (Il redescend le théâtre, les mains sur le ventre. John sort.) Attention au second corps d'armée.

FREEPONK, *s'avançant.*

(Il a l'air très grave. Au moment où Blagford se retourne, Freeponk fait un geste de surprise et de mécontentement qu'il réprime; il s'approche cependant et tend la main le premier. Ils parlent lentement tous les deux, en se surveillant.)

Bonjour.

BLAGFORD.

Bonjour.

FREEPONK.

Ah! vous voilà!

BLAGFORD.

Oui.

FREEPONK.

Le motif?

BLAGFORD.

Le désir de vous voir.....

FREEPONK.

Merci.

BLAGFORD, *continuant.*

Et de toucher ma part.

FREEPONK.

Quelle part?

BLAGFORD.

De bénéfices.

FREEPONK.

Vous repasserez.

BLAGFORD.

Pourquoi?

FREEPONK.

Je perds... nous perdons; donc, vous ne gagnez pas.

BLAGFORD.

Allons donc! les recettes sont superbes!

FREEPONK.

On le dit, mais on ne calcule pas les dépenses.

BLAGFORD.

Comptons.

FREEPONK.

Très volontiers.

BLAGFORD.

A la bonne heure. Deux représentations ordinaires à cent dollars chacune, en moyenne... c'est peu.

FREEPONK.

C'est trop.

BLAGFORD.

Plus un spectacle réservé aux dames qui produira cent autres dollars... au minimum.

FREEPONK.

On verra... Ne nous occupons que du passé.

BLAGFORD.

Soit. Admettons seulement deux cents dollars par jour.

FREEPONK.

Accordé... mais les dépenses ?

BLAGFORD.

Voyons : j'écoute.

FREEPONK.

D'abord un cornac en chef, cinq dollars ; deux aides-majors du cornac avec un nègre à tout faire, trois dollars ; cinq musiciens pour l'accompagner, six heures par jour, quinze dollars. Logement, nourriture, éclairage et chauffage de Midas, vingt-cinq dollars.

BLAGFORD.

Vingt-cinq dollars !

FREEPONK.

Eclairage en dedans et en dehors, nourriture variée, légumes premier choix. Dans son logement, je comprends sa chambre et la salle où il reçoit.

BLAGFORD.

Passez.

FREEPONK.

Plus, pour mon logement et ma nourriture, y compris mon domestique, dix dollars.

BLAGFORD.

Vous vous soignez.

FREEPONK.

Ce n'est pas pour moi... Tout seul, je serais modeste... mais il faut que je me tienne sur le même pied que Midas... il faut que mon train corresponde au sien pour consolider le succès.

BLAGFORD.

Vous n'êtes pas encore à cinquante dollars, mon cher.

FREEPONK.

Patience. Traitement de la dame qui fera l'exhibition consacrée aux dames, cinq dollars, pour la couvrir des dépenses extraordinaires de fleurs et de toilette ; puis les frais d'annonce, de réclame... dans trois journaux.

BLAGFORD.

Cinq dollars.

FREEPONK.

Quinze. Les éditeurs ont élevé leur prix... et d'ailleurs, ils travailleraient au rabais que je dois payer largement, puisque je suis censé rouler sur l'or... grâce à Midas.

BLAGFORD.

Total ?

FREEPONK.

Plus, deux fois la semaine, souper pour les rédacteurs.

BLAGFORD.

Total !

FREEPONK.

Ah ! oui ! total ! J'avais d'abord cru que l'addition des

frais se terminait là, mais j'avais oublié deux choses... trois, quatre. On ne songe jamais à toutes les chances de pertes. 1° Les jours où il tombe de l'eau...

BLAGFORD.

Finissons. Je n'ai pas calculé les beaux jours comme plus-value. Vous avez accepté la moyenne.

FREEPONK.

Vous avez oublié que, depuis le samedi soir jusqu'au lundi, il y a relâche dans les recettes, mais non dans la consommation... Comme Midas ne voit personne le dimanche, il se console en mangeant davantage.

BLAGFORD.

Est-ce tout ?

FREEPONK.

Et la maladie ? Une simple indisposition de Midas nous a ruinés pour deux mois.

BLAGFORD.

Mais je n'ai rien vu de semblable annoncé dans les journaux, et je les ai suivis autant que j'ai pu, puisque vous ne me donniez pas de nouvelles.

FREEPONK.

Je me suis bien gardé d'en informer le public... On aurait eu peur de la contagion ! Attraper une maladie d'éléphant ! Il fallait dissimuler au contraire ! le soumettre à un régime fort cher, pour qu'il pût se soutenir devant les amateurs et ne pas se trouver mal devant les dames.

BLAGFORD.

Cela fait ?

FREEPONK.

Et puis payer le silence du médecin, deux dollars.

BLAGFORD.

Voilà le médecin tout payé... pour quinze jours, trente dollars...

FREEPONK.

C'est le prix de son silence seulement. Il a fallu payer aussi ses soins et son habileté... des études spéciales Nous ne pouvions pas prendre un vétérinaire commun, ni même un médecin vulgaire. Il fallait un spécialiste ayant étudié sur les lieux mêmes, dans les Indes... et comme c'était le premier cas grave qu'il eût à traiter, il m'a presque fait payer son séjour en Asie et ses études.

BLAGFORD.

Trêve à cette mystification dont je rirais peut-être si je n'étais pas furieux d'en être la victime.

FREEPONK, *continuant.*

Un si gros personnage est un client qu'on doit nécessairement exploiter. Votre intérêt n'exigeait-il pas qu'on le tirât d'affaire... coûte que coûte ? Le médecin, fort d'être seul en son genre, a abusé de sa position... il est vrai qu'il a lui-même passé des nuits et composé des potions pour Midas... Dans quatre mois au plus tard, ou, si la fortune nous sourit, dans six semaines peut-être, nous serons rétablis des suites de sa maladie.

BLAGFORD.

Vous auriez dû, mon cher, me consulter un peu. Je vous aurais expédié un médecin qui se serait volontiers attaché à Midas pour trois dollars par jour... et qui aurait pu écrire ses mémoires.

FREEPONK.

Ça, c'est une idée, nous l'exploiterons. Un médecin légèrement lettré ne nous fera pas de mal... et on l'engagera, comme membre de la société zoologique de Londres, pour faire et publier des observations sur Midas. Voyez-vous, malgré son grand appétit et sa gaîté apparente, Midas a toujours le spleen... au fond. Il est tourmenté d'une nostalgie aiguë... — J'ai passé dans l'inquiétude, pendant que vous étiez heureux, bien des nuits que je ne vous compte pas.

BLAGFORD.

Il ne manquerait plus que cela.

FREEPONK.

C'est une perte. Vous êtes mon associé, nous devrions tout partager.

BLAGFORD.

A mon tour de parler. Vous m'avez traité comme un ignorant, comme un novice, comme une dupe; mais l'effet que vous avez produit sur moi est tout autre que vous ne l'espériez. Vous m'avez démontré jusqu'à la dernière évidence que vous possédez toutes les ressources désirables et imaginables. Notre affaire est en bonnes mains; elle n'a pu que prospérer. Avec un esprit inventif qui croit la crédulité humaine inépuisable et patiente parce qu'elle est éternelle et infinie, avec ce sang-froid imperturbable que vous mettez à débiter les mensonges les plus impossibles et les bourdes les plus excentriques, vous avez certainement tiré du bruit public et de la presse tout ce qu'ils pouvaient vous donner. Je suis donc sûr de votre succès. Là-dessus, vous avez tenté de me tromper. Il est honorable de l'avoir entrepris : cette idée à elle seule m'obligerait à vous estimer... si vous y aviez mis plus de réserve... mais me berner aurait été trop beau. Il ne m'appartient pas de faire mon éloge ; je suis assez connu, d'autres m'ont apprécié. Mais je puis sans outrecuidance dire que je suis bon juge. Freeponk, touchez là ; vous avez devant moi et contre moi montré jusqu'où la blague peut aller. Maintenant, permettez-moi de dire à cette fille de votre imagination féconde : Halte là ! — Soyons amis, Freeponk. (Il lui tend la main.)

FREEPONK.

C'est un plaisir de vous entendre. Continuez.

BLAGFORD.

Dans le métier de montreur de curiosités, je suis un vieux routier : j'ai inventé une momie nouvelle, une sirène incomparable ; j'ai fabriqué une chute du Niagara qui rendrait bien des tonnes d'eau à la véritable ; j'ai créé, sous le nom d'un docteur parisien qui n'existera jamais, un savon hygiénique et moral... j'ai failli produire un rival de Tom-Pouce... je guette, pour le faire chanter, un rossignol norwégien... je suis un bienfaiteur de la curiosité publique. — Revenons à nos moutons. — J'ai exploité Midas avant vous ; je sais ce qu'il consomme et ce qu'il produit. Pourquoi vous ai-je chargé de le conduire comme vous l'entendriez, à la condition de me donner la moitié des bénéfices ? C'est que le vieux Blagford voulait acheter un peu de repos au prix d'une moitié de son gain régulier... c'est que, comptant sur votre habileté, je croyais l'autre moitié suffisante pour m'assurer une existence modeste... en attendant autre chose... un sujet transatlantique, par exemple. Vous avez accepté le marché, vous, parce que vous regardiez la moitié des bénéfices comme une compensation suffisante de votre peine.

FREEPONK.

Vous avez conclu l'affaire, la croyant bonne, je n'en doute nullement. Mais vous aviez enlevé la meilleure partie de la récolte ; l'éléphant n'était déjà plus dans toute la fleur de sa nouveauté. Je reconnais en vous un maître habile, tirant son épingle de toute association... lors même que les autres y perdent... par quel moyen, je n'oserais le soupçonner... Dans celle-ci pourtant, vous n'aurez pas de bénéfices, s'il n'y en a point. C'est un petit malheur qui vous sera peut-être utile dans l'avenir. Nous avons fait tous deux une mauvaise spéculation... jusqu'ici du moins.

BLAGFORD.

Non pas... Quand je conduisais Midas, il ne me coûtait jamais plus de soixante dollars par jour, y compris sa suite, les réclames et ma dépense. Pour les habitudes de luxe que vous lui avez données et que vous avez prises, j'ajoute vingt dollars. Total de la dépense : quatre-vingts dollars. Pour mettre un terme à la discussion, j'abaisse provisoirement les recettes à cent cinquante dollars... sans excepter aucun jour de la semaine. Différence : soixante-dix dollars, dont trente-cinq pour ma moitié. Réglons le premier mois, remettez mille cinquante dollars... mille pour faire un compte rond... et je vous donne une quittance jusqu'à ce jour.

FREEPONK.

Malgré mon désir d'arranger l'affaire... je ne puis transiger ainsi. C'est moi qui, tout calculé, serais votre créancier.

BLAGFORD.

Mais tout le monde ici parle des merveilleuses recettes que vous réalisez... les domestiques... la dame qui occupe cette chambre et qui semble être si bien au courant de vos affaires... celle qui doit entrer aujourd'hui même en fonction pour faire les honneurs de Midas à nos dames.

FREEPONK.

Comment savez-vous que c'est elle ?

BLAGFORD.

Elle me l'a dit elle-même.

FREEPONK.

Vous pensez bien que je ne vais pas crier partout que je ne fais pas mes frais ; ce serait tuer notre entreprise.

BLAGFORD.

Est-ce pour la relever que vous voulez vendre Midas ?

FREEPONK.

Quoi ! vous avez déjà vu cette girouette de Richman ? lui qui a tout fait pour rire, sans jamais avoir réussi... et qui veut acheter Midas... toujours pour rire... Et vous n'avez pas deviné que je le berce d'un fol espoir, parce que cela sert nos intérêts ? On se hâte d'accourir en foule, depuis que le bruit s'est répandu qu'un riche particulier a l'intention de posséder à tout prix et de confisquer à son profit l'intelligent proboscidien, —style de journal,— qui offre des bouquets aux plus jolies dames, et s'agenouille devant le plus petit enfant de l'honorable société.

BLAGFORD.

Mais pourquoi dire à cette dame que vous êtes l'unique propriétaire de Midas... que tous les bénéfices vous appartiennent ?

FREEPONK.

Vous connaissez la discrétion des femmes. Était-il adroit d'initier le public à ces détails d'intérêt ?... Je perdrais la moitié de ma considération si l'on savait que je ne suis propriétaire que pour une moitié.

BLAGFORD.

Et moi, je perds mon argent si je le laisse croire... J'ai tout déclaré à cette dame.

FREEPONK.

Malheureux ! vous allez faire manquer mon mariage !

BLAGFORD.

Vous troublez bien mon ménage, vous ?

FREEPONK, *continuant sans écouter.*

Une femme qui vous aurait enrichi en même temps que moi !

BLAGFORD.

Et qui commence par ruiner la mienne!

FREEPONK.

Comment, la vôtre!

BLAGFORD.

Oui, je suis marié depuis dix jours... et je comptais sur les bénéfices pour faire à ma femme une existence dorée.

FREEPONK.

Eh bien! c'est une mauvaise lune de miel à passer... voilà tout... mais moi, c'est toute une existence de bonheur à perdre...

BLAGFORD.

Vous me narguez. Je me vengerai!

FREEPONK.

Et moi aussi, si je ne me marie pas.

BLAGFORD.

Vous saurez bientôt à qui vous vous frottez. (Il sort par le fond.)

SCÈNE V.

FREEPONK et madame **HARDYLIP.**

MADAME HARDYLIP, *sortant rapidement.*

Quel bruit! c'est vous, monsieur Freeponk!... Avec qui donc disputez-vous si fort?

FREEPONK.

Avec un homme que vous avez rendu mon ennemi.

MADAME HARDYLIP.

Votre ennemi, parce qu'il m'a dit la vérité. Ah ! vous m'avez abusé ! Midas ne vous appartient pas. Et moi qui m'attache si vite, se jouer ainsi de mes affections, c'est affreux !

FREEPONK.

Pas de jérémiades, si vous m'en croyez. Les pleurs, les cris, les récriminations, tout cela ne rapporte jamais rien. Le mal est fait; il faut le réparer. Je vous aurais dit la vérité, qu'elle n'aurait point avancé les choses ; en la cachant, j'avais plus de chances de réussir auprès de vous comme auprès du public; employer le meilleur moyen pour assurer le succès, c'était mon droit. Votre bavardage a fait tourner contre moi mon habileté même. — Consentez-vous toujours à m'épouser ?

MADAME HARDYLIP.

De quoi vivrons-nous si vous n'avez plus rien ?

FREEPONK.

Et Midas ! croyez-vous que j'y renonce ? J'en possède toujours la moitié, et je l'aurai certainement tout entier, pourvu que vous m'encouragiez. Me promettez-vous votre main si je vous offre l'éléphant complet ?

MADAME HARDYLIP, *gracieuse.*

Alors, je n'aurai plus ni motif ni prétexte pour vous la refuser.

FREEPONK.

Bien. Mais écoutez mes dernières instructions. Sans aucun doute on vous interrogera sur M. Blagford et sur mes relations avec lui : répondez que vous ne le connaissez pas et que vous ne savez rien de mes affaires. Parlez peu jusqu'à la conclusion de l'arrangement et laissez-moi manœuvrer seul. Occupez-vous de la représentation, veillez sur Midas, et habillez-vous.

SCÈNE VI.

Les Précédents, madame **BLAGFORD**, entrant par le fond.

MADAME BLAGFORD.

Monsieur Freeponk, monsieur!

FREEPONK, *faisant des signes à madame Hardylip.*

Désolé de ne pas le connaître, madame.

MADAME BLAGFORD.

On m'avait dit que je le trouverais probablement ici.

FREEPONK.

Je suis si occupé de mes affaires, madame, que j'ignore tout ce que font les autres.

MADAME BLAGFORD.

Et vous, madame, ne pourriez-vous pas me dire quand il rentrera?

MADAME HARDYLIP.

Je pourrais me tromper dans mes renseignements : il vaut mieux, madame, vous adresser au bureau de l'hôtel.

MADAME BLAGFORD, *à mi-voix.*

Quelles singulières réponses! Et mon mari qui ne revient pas!

FREEPONK, *descendant le théâtre avec madame Hardylip.*

Prenez garde : ce doit être madame Blagford. A vous deux, femme contre femme. (Saluant.) Mesdames. (Il sort par le fond.)

SCÈNE VII.

Madame **BLAGFORD**, madame **HARDYLIP**, se dirigeant vers sa chambre.

MADAME BLAGFORD.

Je vous demande pardon, madame, de vous arrêter un instant; mais peut-être pourriez-vous m'être de quelque secours. Je suis étrangère, madame, et je viens ici pour affaires... avec mon mari.

MADAME HARDYLIP.

Ah! moi-même, je suis étrangère, madame.

MADAME BLAGFORD.

Nous avons un intérêt dans une entreprise, et notre associé ne nous a pas encore envoyé notre part sur laquelle nous comptions. Comme je suis tout nouvellement mariée, vous comprenez... les dépenses sont plus fortes d'abord.

MADAME HARDYLIP.

Je vous plains, madame... si vous êtes obligée.....

MADAME BLAGFORD.

Ah! vous concevez, c'est mon mari, M. Blagford, (Mouvement de madame Hardylip que remarque madame Blagford,) qui se charge surtout de l'affaire; mais deux avis valent mieux qu'un, et moi, je désire que les choses se passent à l'amiable : j'aime la paix... — Ne l'auriez-vous pas vu par hasard, mon mari? Il est arrivé ce matin : c'est un gros, court, très flegmatique.

MADAME HARDYLIP.

Je suis désolée, madame, de n'avoir que des réponses négatives à vous adresser... et vous prie de m'excuser. Je suis obligée de rentrer chez moi pour écrire. (Elle sort par la porte à gauche.)

SCÈNE VIII.

Madame **BLAGFORD**, un instant seule ; puis **RICHMAN**.

MADAME BLAGFORD.

On dirait qu'ils se sont donné le mot pour être désolés de ne rien me dire !... Si ce monsieur si réservé était M. Freeponk ! Oui, mais cette dame ?

RICHMAN, *ouvrant la porte.*

Madame !

MADAME BLAGFORD. (*A part.*)

Enfin ! voilà un gentleman qui me répondra, puisqu'il m'interroge. (Haut.) Monsieur...

RICHMAN.

Madame. (A part.) Je ne sais pas si c'est bien au juste la dame que Midas a regardée : j'ai la vue si mauvaise. (Il s'approche de madame Blagford.) Pardonnez-moi, madame... j'ai la vue si mauvaise. (Mouvement de madame Blagford.) Ce doit être elle... d'ailleurs... l'erreur n'est point désagréable... au premier abord... Excusez-moi, madame, et quelque bizarres que soient mes questions, si vous avez l'extrême obligeance d'y répondre... soyez persuadée que ma reconnaissance...

MADAME BLAGFORD.

Quel singulier monsieur !

RICHMAN.

Soyez aussi bonne que belle... (Geste de madame Blagford.) Et maintenant, sans autre préambule, êtes-vous attachée à Midas ?

MADAME BLAGFORD.

Que dites-vous ?

RICHMAN.

Seriez-vous heureuse de le posséder ?

MADAME BLAGFORD.

Oh! oui, monsieur... c'est le comble de mes vœux.

RICHMAN.

On ne m'avait pas trompé en me révélant votre affection pour cet ingénieux éléphant... Eh bien! je viens vous offrir un moyen d'en avoir la propriété exclusive.

MADAME BLAGFORD.

(Bas.) C'est une proposition d'arrangement... (Haut.) Je vous écoute avec plaisir.

RICHMAN.

Que vous êtes aimable! A vos regards je l'avais deviné!... J'ai une fortune de cinq cent mille dollars... ce qui est assez joli, même en Amérique... et pour vous plaire... je la sacrifierais... avec facilité.

MADAME BLAGFORD.

Vous êtes trop généreux...

RICHMAN.

D'autant plus que mes sympathies se sont miraculeusement rencontrées avec les vôtres... C'est curieux, extraordinaire, presque extravagant : ah! j'espère que nous en rirons ensemble. Dites oui, madame, et ce soir, à quelque prix que ce soit, Midas est à vous...

MADAME BLAGFORD.

Je ne sais pas bien... ce que vous me demandez.

RICHMAN.

Oh! ne tremblez pas, madame... assurez d'un mot votre bonheur et le mien... (Il lui prend la main et la baise.)

MADAME BLAGFORD.

Mais, monsieur...

SCÈNE IX.

Les Précédents, **BLAGFORD**, entrant lentement.

BLAGFORD.

Bien. J'interromps une scène d'amour... Oh ! c'est ma femme... avec... quelqu'un... avec... ce monsieur qui a la vue si mauvaise. Il y voit assez pour apprécier les femmes des autres... Il en veut à tout mon bien, ce Richman, à Midas d'abord... et puis...

MADAME BLAGFORD, *s'avançant.*

Me voilà, mon ami. Bonjour !

BLAGFORD.

Bonjour !

MADAME BLAGFORD, *lui tendant la main.*

Je viens d'arriver, mon ami, et je m'occupe de nos affaires, comme tu vois.

BLAGFORD, *lui serrant la main d'un air singulier.*

Oui, je vois... j'ai vu plutôt... Vous ne perdez pas de temps. — Que faites-vous ici, monsieur Richman ?

RICHMAN.

Mais, monsieur, que vous importe ?

MADAME BLAGFORD.

Monsieur vient m'offrir Midas.

BLAGFORD.

A quel titre ?

RICHMAN.

Comment ! à quel titre ? comme témoignage de mon respect.

BLAGFORD.

De votre respect, pour qui ?

RICHMAN.

Pour madame.

BLAGFORD.

C'est bien. Respectez-la toujours, je vous y engage, millionnaire que vous êtes! mais que venez-vous me demander ici? On ne vous a pas vendu Midas, je suppose?

RICHMAN.

Monsieur, je continue mes ouvertures. D'ailleurs, monsieur, je suis assez riche pour l'acheter même à vous, si cela me plaît...

BLAGFORD.

Et pour l'offrir à ma femme?

RICHMAN.

Comment, votre femme?

MADAME BLAGFORD.

Mon ami, monsieur ne croyait pas...

BLAGFORD.

Oui, monsieur, ma femme depuis un mois... nous sommes dans la lune de miel... et je ne souffrirai pas que vous veniez la troubler... pour rire... J'ai un revolver, première qualité!

SCÈNE X.

Les précédents. **FREEPONK**, entrant brusquement.

BLAGFORD.

Ah! maître Freeponk!

MADAME BLAGFORD.

Tiens! monsieur Freeponk qui, tout à l'heure, ne se connaissait pas lui-même.

FREEPONK.

Que me voulez-vous, monsieur Blagford?

BLAGFORD.

Ah! maître Freeponk... j'apprends en arrivant que vous êtes en pourparler avec M. Richman. C'est une plaisanterie, dites-vous, et une heure après, je trouve ici ce monsieur qui vient faire la cour à ma femme, en lui offrant mon éléphant. Expliquez-vous... C'est sans doute pour attirer et amuser le public que vous avez imaginé cette aventure nouvelle... pour tripler le succès de Midas? Eh bien! je renonce à mon rôle d'associé... moi... j'aime mieux la tranquillité de la vie de famille... avant-goût du bonheur céleste... au coin de mon feu. Vous voulez vendre Midas ou l'exploiter à votre fantaisie... cela vous gêne de partager en deux les bénéfices. Soit : achetez-moi ma part.

RICHMAN.

Votre part de l'éléphant? Continuez... je crois que je vais rire. Je vous l'achète, moi.

BLAGFORD.

Laissez-moi donc régler mes affaires avec Freeponk... — Pour la seconde fois, Freeponk, achetez-moi ma part.

FREEPONK.

Non, monsieur Blagford.

BLAGFORD.

Non? J'ai bien entendu.—Eh bien, vendez-moi la vôtre?

RICHMAN.

J'achète aussi votre part, monsieur Freeponk... l'animal n'est divisé qu'en deux, j'aime à le croire.

FREEPONK.

Je ne vends la mienne à personne.

BLAGFORD.

Pourquoi, alors, entretenez-vous ce monsieur dans des espérances illégales et des projets ténébreux ?

RICHMAN.

Me voilà illégal et ténébreux maintenant !... Je commence à n'être plus de bonne humeur. C'est votre faute, vous m'avez gâté ma gaîté : allez au diable !

MADAME BLAGFORD.

Mon ami, cette entrevue a déjà duré trop longtemps : il vaut mieux nous retirer. Il y a dans tout ceci un malentendu inexplicable.

BLAGFORD.

Un piége, plutôt.

RICHMAN.

Mais non... un malentendu... Puisque vous avez épousé madame dernièrement... elle n'est donc pas la veuve que je cherche.

FREEPONK.

Quelle veuve ?

RICHMAN.

Celle qui loge ici, et à laquelle Midas présente tous les jours un bouquet.

SCÈNE XI.

BLAGFORD, madame **BLAGFORD, FREEPONK, RICHMAN,** madame **HARDYLIP.**

(Madame Hardylip porte un costume de fantaisie, jupe courte ; — sur la poitrine un éléphant, toque, bottines, cravache comme une écuyère.

RICHMAN, *se précipitant à sa rencontre.*

Ah ! c'est elle cette fois. (A madame Blagford.) Daignez

me pardonner : j'ai la vue si basse. (A madame Hardylip.) Midas sur votre cœur ! Ah ! je vous reconnais, et c'est vous que j'aime... Je suis Richman... Je possède cinq cent mille dollars, et je chargerai Midas... quand vous voudrez, de vous présenter de ma part... au lieu d'un bouquet... une corbeille.

FREEPONK.

Que dit-il ? — Ah ça ! c'est ma femme que vous insultez à présent !

RICHMAN, *furieux.*

Vous, laissez-moi tranquille ! je n'aime pas qu'on essaie de me mécaniser. Je suis sûr que l'une de ces deux dames est veuve ; si ce n'est pas madame Blagford, c'est donc madame...

FREEPONK.

Vous avez peut-être l'ouïe aussi mauvaise que la vue... monsieur ! (Les deux femmes se tiennent à l'écart effrayées et muettes.)

RICHMAN.

J'ai parfaitement entendu, monsieur... et j'y vois assez, monsieur, pour avoir le plaisir de vous brûler la cervelle... si vous n'êtes pas satisfait, et pour offrir mon cœur à madame... (Il s'avance vers madame Hardylip.) Je vous défends, monsieur Freeponk, de faire une observation... Cette fois, je ne rirai pas.

BLAGFORD.

Vous nous avez outragés tous les deux, mon respectable millionnaire. — J'ai le premier droit de vous demander raison.

RICHMAN.

Je suis à la disposition de vous deux, comme vous l'entendrez... Mais, monsieur, je crois franchement que vous avez tort de me demander raison, puisque je renonce à votre femme... tandis que je persiste à rester sur les rangs auprès de madame...

FREEPONK.

Bien, monsieur... suivez-moi.

BLAGFORD, *à Freeponk.*

Avant de vous exposer... vendez-moi votre part : je ne marchanderai pas.

FREEPONK.

Jamais! — Monsieur n'y voit pas.

BLAGFORD.

Vous savez que je tiens ma parole : ce soir, j'aurai ma part ou Midas.

RICHMAN, *tendant la main à Blagford.*

Monsieur Blagford, je vous ai offensé sans intention... je présente mes excuses à madame : voulez-vous me servir de témoin?

BLAGFORD.

Ce service-là ne se refuse jamais... (Ils se disposent à sortir.)

FREEPONK, *à madame Hardylip.*

Au revoir.

RICHMAN.

Adieu, madame, et bonne espérance ! Quoi qu'il arrive, il vous restera toujours un mari... à moins pourtant .. mais... tous deux à la fois... cela ne se voit guère. (Madame Hardylip tombe accablée sur une chaise. Les hommes sortent.)

SCÈNE XII.

Madame **HARDYLIP** sur une chaise... madame **BLAGFORD.**

MADAME BLAGFORD.

Ah ! mon Dieu ! ils sont partis ! (Elle court vers la porte et revient avec hésitation vers madame Hardylip à qui elle fait respirer un flacon.)

MADAME HARDYLIP, *revenant à elle.*

Ils sont partis !

MADAME BLAGFORD.

Nous n'y pouvons plus rien maintenant.

MADAME HARDYLIP.

Vous en parlez bien à votre aise... puisque vous n'avez rien à redouter... mais moi. .

MADAME BLAGFORD.

Peu s'en est fallu que mon mari ne fût le premier engagé dans une affaire avec M. Richman.

MADAME HARDYLIP, *soupirant.*

Si M. Freeponk était mon mari, peut-être serais-je moins inquiète... et puis, il me serait plus permis de témoigner toute ma douleur.

MADAME BLAGFORD.

Soyez persuadée qu'il ne sortira de cette rencontre aucun malheur grave. Je crains bien plus la suite des relations entre mon mari et M. Freeponk.

MADAME HARDYLIP.

Comment cela ?

MADAME BLAGFORD.

M. Richman a la vue si mauvaise ! Il m'a prise pour vous ! De ce côté le danger devient presque nul... Mais mon mari justement irrité a déclaré qu'il aurait ce soir ou sa part de bénéfices... ou Midas.

MADAME HARDYLIP.

Comment!

MADAME BLAGFORD.

Je ne sais si M. Freeponk plaisante quelquefois; mais mon mari ne plaisante jamais... Il est décidé à tout pour rentrer dans ses fonds ou dans son éléphant... et peut-être un nouveau duel...

MADAME HARDYLIP.

Si c'est une ruse que vous employez là pour m'effrayer, elle est indigne! et je ne comprends pas que vous abusiez de ma douleur... ni dans quel but vous me parlez ainsi...

MADAME BLAGFORD.

Mon Dieu! vous en savez beaucoup plus que vous ne voulez l'avouer, puisque tout à l'heure vous vous entendiez parfaitement avec M. Freeponk pour me déclarer que vous n'aviez pas vu M. Blagford. Tout cela était concerté. Bien. — Laissons nos maris.

MADAME HARDYLIP.

Mais M. Freeponk n'est pas encore le mien. Ce mot ferait supposer...

MADAME BLAGFORD.

Soit. Ne mettons pas le mot avant la chose. Laissons ces messieurs vider la querelle présente; mais tâchons toutes deux, comme je vous l'ai déjà proposé, d'en prévenir une autre plus sérieuse. Usez, je vous en prie, dans votre intérêt même, de votre influence sur M. Freeponk, pour qu'il nous remette notre part exacte de bénéfices; sinon qu'il propose ou accepte un autre marché.

MADAME HARDYLIP.

Je crois, madame, M. Freeponk trop honnête homme pour garder de l'argent qui ne lui appartiendrait pas.

MADAME BLAGFORD.

Et je vous crois, madame, trop honnête aussi pour ne pas lui suggérer quelques réflexions à propos de la réclamation de son associé. Vous avez le droit de le faire, puisque c'est pour vous sans doute que M. Freeponk désire augmenter sa fortune.

MADAME HARDYLIP.

Chacun doit défendre son intérêt dans ce monde, madame : c'est bien assez, sans s'occuper de celui des autres.

MADAME BLAGFORD.

Cette parole est significative, madame, et m'oblige à terminer cet entretien. Vous m'avez déclaré la guerre à moi personnellement, lorsque je suis arrivée. J'ai voulu malgré cela faire une dernière tentative. Je pensais que l'intervention pacifique de deux femmes pouvait encore être utile. Je vous soignais tout à l'heure avec cette espérance. Mais à peine revenue à vous... vous refusez de vous associer à mes efforts pour ménager un arrangement, et vous me répondez d'un ton belliqueux. Soit, j'accepte le défi.

MADAME HARDYLIP.

Que dites-vous?

MADAME BLAGFORD.

Je ne prétends pas user contre vous de mon revolver, que je sais assez bien manier, ni vous provoquer à la carabine, quoique j'en aie incontestablement le droit. Le temps des faibles femmes est passé, et ce n'est pas pour rien que l'Amérique est le Nouveau-Monde. -- Enfin, toutes les ressources sont permises : la guerre emploie toujours des moyens plus ou moins violents ; la lutte est engagée, et quelqu'un succombera. (Elle sort avec un geste tragique.)

SCÈNE XIII.

Madame **HARDYLIP**, seule.

Quelle furie ! — Ah ! voilà jusqu'où peut vous pousser l'intérêt d'un mari ! Que ne ferais-je pas aussi pour ce pauvre Freeponk ! — Et pourtant je ne porte pas encore son nom. — S'il était blessé, grand Dieu ! A quel titre le soignerais-je ?... Et s'il perd la vie... n'étant pas sa veuve... quelle douleur, quelle robe me conviendra ?... Et que deviendra ce pauvre Midas ! C'est un supplice que cette incertitude... et puis, s'il échappe à ce danger, c'est pour retomber aussitôt dans un autre plus terrible.

Et cependant l'heure de la représentation pour les dames approche. C'est la première fois que je vais paraître en public avec l'éléphant. — Si encore mon cher Freeponk était là pour me présenter, m'aider de ses conseils et me soutenir de son regard ! Si seulement, caché derrière un rideau, il m'encourageait de sa présence invisible... pour tout autre que pour moi ! Hélas ! sa présence m'est peut-être ravie pour toujours, à l'heure qu'il est ! (Elle regarde sa montre avec un soupir.) Allons, il est temps de me préparer. Soyons calme et forte... devant mon odieuse ennemie qui voudra m'intimider encore... Je me ris de ses menaces, et nous triompherons. (On entend la grosse caisse et un air de cirque.) Ce bruit guerrier me fait pressentir la victoire.

On commence à entrer... Si j'allais me tromper en

chantant mes couplets de présentation... Je ne suis pas bien sûre de ma mémoire. Essayons :

(*Au public.*)

1er COUPLET.

Permettez que je vous présente
Le plus beau fruit du sol indien,
Bête si rare et si savante
Qu'on l'appelle un proboscidien.
Sonnez, sonnez, grosse caisse et trompette !
Le lion du jour, le voilà !
Venez, venez, et que chacun répète :
Le lion du jour, le voilà;
Midas, l'éléphant de Java !

2e COUPLET.

Il ne manque que la parole
A cet être si merveilleux
Qui de l'équateur jusqu'au pôle
Étonne la terre et les cieux !
Sonnez, sonnez, grosse caisse et trompette
Le lion du jour, le voilà ;
Venez, venez, et que chacun répète:
Le lion du jour, le voilà;
Midas, l'éléphant de Java!

3e COUPLET.

Il sait vraiment avec tendresse
Caresser les petits enfans,
Et puis avec délicatesse
Offrir des fleurs à leurs mamans !
Sonnez, sonnez, grosse caisse et trompette !

Le lion du jour, le voilà.
Venez, venez, et que chacun répète :
Le lion du jour, le voilà ;
Midas, l'éléphant de Java !

Je crois que cela marchera. (Elle sonne.)

SCÈNE XIV.

Madame **HARDYLIP**, **JOHN**.

MADAME HARDYLIP.

John, tout est-il prêt ?

JOHN, *émerveillé en la regardant.*

Oui, madame.

MADAME HARDYLIP.

Et le monde ?

JOHN.

Jamais je n'ai vu tant de dames... et de si belles toilettes... et de si jolies petites filles... Vous allez produire de l'effet... sur les familles entières qui arrivent... (Avec hésitation.) Et pourtant c'est un malheur peut-être.

MADAME HARDYLIP.

Pourquoi donc ?

JOHN.

D'abord, parce que M. Freeponk n'est pas encore ici.

MADAME HARDYLIP.

J'y suis, moi...

JOHN.

Vous avez raison... Midas vous connaît... et il vous chérit bien... mais, si vous l'aviez vu tout à l'heure... vous devriez partager ma crainte.

MADAME HARDYLIP.

Qu'est-ce donc? parlez, parlez...

JOHN.

Ce n'est pas si facile à faire comprendre... Je viens de la loge, madame. Il avait l'air bien singulier, voyez-vous. Quand je suis entré, il n'était pas dans son assiette ordinaire : le seau était renversé, et il tenait une patte en l'air, voyez-vous, comme ça! (Il lève la main et le pied pour l'imiter.) C'était déjà pas bon signe.

MADAME HARDYLIP.

Il répétait une leçon... Après...

JOHN.

Je me suis approché tout de même... Alors, il s'est mis à remuer la queue contre son habitude... Ma foi, j'ai eu peur, moi, qui suis brave.

MADAME HARDYLIP.

Poltron! je ne vois rien jusqu'à présent.

JOHN.

Alors, madame, je suis passé du côté de sa tête, et j'ai voulu lui parler. Bon! il a semblé ruminer quelque chose... Il a levé la trompe, et m'a soufflé dans le nez, aussi vrai que je vous parle, et puis il a commencé à cligner l'œil droit et à renifler... que tout en tremblait... et moi aussi, et puis il s'est mis à tourner sur lui-même.

MADAME HARDYLIP.

C'est sa leçon qu'il répétait de bonne humeur.

JOHN.

Oh! non... car bientôt... j'ai entendu un grand bruit dans son intérieur... comme une machine qui se détraque. (Il se frappe sur le ventre et cherche à imiter.) Brou-ou; brac cric! mais bien plus fort que ça. Il a ouvert une bouche... si grande... si grande... que j'ai ouvert la mienne par sympathie. Ça n'a pas paru lui faire plaisir : il s'est arrêté tout court en fermant l'œil gauche comme ça, et en ouvrant à demi l'œil droit, comme s'il me couchait en joue; et il m'a poursuivi en soufflant : phou-ou; phou-ou! Puis il a bâillé trois fois, et il est resté immobile la trompe entre les jambes et la queue en l'air. Quelle position pour lui si doux et si bien élevé! Tout ça n'est pas naturel, voyez-vous.

MADAME HARDYLIP.

Où est le cornac chef?

JOHN.

Je ne sais pas, madame.

MADAME HARDYLIP.

Et le docteur?

JOHN.

Il est sorti. (On entend du bruit : John court à la fenêtre.) Oh! madame, le voilà qui sort de chez lui... il vient.

MADAME HARDYLIP.

Le docteur!

JOHN.

Non, Midas... Oh! qu'il a l'air furieux! (Au moment où il approche de la fenêtre, le carreau est brisé, et la trompe de l'éléphant rencontre le nez de John.) Oh là, là!

MADAME HARDYLIP.

Comment! c'est Midas qui casse les carreaux!

JOHN.

Madame... n'approchez pas... c'est bien assez de mon nez compromis... (La trompe s'agite.) Oh! madame, il roule les yeux et ouvre la bouche comme une personne empoisonnée. (La trompe se retire.)

MADAME HARDYLIP, *avec un cri.*

Empoisonné!... C'est elle!... Quelqu'un succombera!... C'était lui!.. Oh! mais ce serait infâme! (Elle ouvre la fenêtre et saute.)

SCÈNE XV.

JOHN, un instant seul; puis madame **BLAGFORD,** et trois hommes avec des carabines.

JOHN, *toujours à la fenêtre.*

En voilà du courage et de l'agilité!... C'est plus brave que moi, ces femmes-là! Tiens, elle lui parle, il l'écoute... ils s'en vont ensemble comme deux vieux amis... seulement il a l'oreille bien basse... C'est égal, j'aime mieux que ce soit elle que moi, car, on ne peut pas le dissimuler.. quoique je sois assez bien charpenté... si Midas avait simplement l'idée de me brusquer... mon affaire ne serait pas longue. (Il se penche en dehors.) Plus personne. Il est rentré; les douleurs vont le reprendre chez lui.

Ah ça! j'y pense; qu'est-ce que madame Hardylip criait donc en sautant? — C'est elle! c'était lui! ce serait infâme! — Je n'ai accusé personne; ça, j'en réponds. S'il est empoisonné, c'est peut-être un simple accident, fruit d'une imprudence. J'ai vu des lapins, moi, s'asphyxier sans préméditation avec de la ciguë. Midas a peut-être brouté une herbe malsaine ou avalé quelque chose de travers sans réflexion... on ne sait jamais tout ce qui se passe dans ces gros animaux-là. L'intelligence ne suffit pas pour éviter les indispositions. Moi, je suis souvent mal à mon aise, et pourtant je me surveille... (Il se penche encore.) Je crois entendre des soupirs... amortis.

MADAME BLAGFORD, *entrant avec un revolver à la main, suivie de trois hommes vigoureux armés de carabines.*

Écoutez-moi bien : vous allez entrer dans cette chambre, et quand vous m'entendrez frapper, vous sortirez et vous viendrez vous placer près de cette porte... Allez. (Elle fait un geste avec son revolver ; les hommes entrent dans la chambre.)

JOHN, *qui s'est retourné.*

Qu'est-ce que c'est ?... Tiens ! la femme de M. Blagford avec un revolver... et trois carabines... renforcées de trois hommes. C'est pour la représentation. Ce sont des gaillards qui doivent monter sur l'éléphant... Et elle ? Quel rôle va-t-elle jouer avec son revolver ? En voilà des surprises ! Je vais tâcher de m'échapper pour voir ça, moi, si Midas va mieux.

MADAME BLAGFORD.

John, à quelle heure commence-t-on ?

JOHN.

A trois heures, si c'est possible.

MADAME BLAGFORD.

Comment, si c'est possible ?

JOHN.

Il y aura peut-être relâche par indisposition.

MADAME BLAGFORD.

De qui ?

JOHN.

De Midas, donc.

MADAME BLAGFORD.

Que lui est-il arrivé ?

JOHN, *gestes très rapides...*

Ce serait trop long à vous dire. Regardez. (Il lève le

pied, puis la main, ferme l'œil droit, l'ouvre, bâille, met son bras droit entre ses jambes en levant le bras gauche, puis il court à la fenêtre, et fait sortir son bras par le carreau cassé.) Voilà : brou-ou, brac-cric... C'est le commencement de sa maladie; phou-ou, phou-ou, le milieu; et le carreau cassé, dont vous voyez les morceaux, c'est peut-être la fin.

MADAME BLAGFORD.

Ah!

JOHN.

Il a l'air bien triste, allez. Pour moi, je ne pense pas qu'on puisse lui faire faire de nouveaux exercices. Vos trois hommes seront inutiles aujourd'hui. Je le crois empoisonné, voyez-vous... et madame Hardylip le croit aussi.

MADAME BLAGFORD.

C'est bon : laissez-moi.

JOHN, *la regardant de travers.*

C'est bon, c'est bon! elle n'a pas l'air fâché : je vais prévenir madame Hardylip. (Plus haut.) Si c'était elle! oh! mais ce serait infâme!

SCÈNE XVI.

Madame **BLAGFORD**, puis son mari.

MADAME BLAGFORD.

Empoisonné! — Nous serions ruinés alors! il ne nous resterait que la trompe et la peau! — On le ferait empailler pour un musée et on vendrait sa biographie.

— Bah! qui l'aurait empoisonné? — Madame Hardylip? Non, puisque la vie de Midas leur rapporte tant d'argent. Si c'était une invention, une ruse de guerre pour nous faire accepter moins que nous ne demandons? (Elle réfléchit.) Nous verrons bien...

Mais cet imbécille de John qui me regardait d'un air soupçonneux et qui s'est écrié : Si c'était elle! — Elle, c'est moi! On le croit, tant mieux, nous sommes sauvés! (Elle fait un mouvement de joie.)

BLAGFORD, *entrant*.

Tiens! ma femme qui saute!

MADAME BLAGFORD.

Eh bien?

BLAGFORD.

Richman a été blessé.

MADAME BLAGFORD.

Tant pis.

BLAGFORD.

Sans doute, c'est fort malheureux pour nous...

MADAME BLAGFORD.

Ah oui!

BLAGFORD.

Vos regrets sont trop vifs. La blessure de M. Richman est légère, quoiqu'elle ne doive pas guérir si tôt. Si pourtant Freeponk avait été atteint convenablement, tout s'arrangeait... un homme malade devient raisonnable... et un mourant transige plutôt que de faire un procès... J'aurais fait les recettes de nouveau. Je me serais payé.

MADAME BLAGFORD.

Oui; mais il fallait que Freeponk fût blessé... et il ne l'est pas.

BLAGFORD.

Oui, le mal est grand de ce côté. — Vous n'avez rien obtenu en mon absence?

MADAME BLAGFORD.

Non; madame Hardylip a fait la sourde oreille, sous prétexte qu'elle n'est pas encore la femme de Freeponk.

BLAGFORD.

Bien! je me bats demain avec lui.

MADAME BLAGFORD.

C'est la dernière ressource, celle-là... et puis il a la main heureuse.

BLAGFORD.

Je ne le crains pas.

MADAME BLAGFORD.

Je le crains, moi. Il nous reste d'autres moyens. J'en ai trouvé un.

BLAGFORD.

Lequel?

MADAME BLAGFORD.

Il vaut mieux que vous l'ignoriez jusqu'au retour de Freeponk.

SCÈNE XVII.

Madame **BLAGFORD**, **FREEPONK**, triomphant, **BLAGFORD**.

MADAME BLAGFORD, *le revolver à la main*.

Monsieur! payez-nous.

FREEPONK, *effrayé*.

Voulez-vous me tuer, madame!

MADAME BLAGFORD.

Je l'aurais déjà fait si je l'avais voulu.

FREEPONK.

Que demandez-vous?

MADAME BLAGFORD.

Notre argent.

FREEPONK.

Je n'en ai point à vous.

MADAME BLAGFORD.

Écoutez bien alors. (Elle frappe à la porte de la chambre avec son revolver, les trois hommes sortent avec leurs carabines.)

FREEPONK.

C'est un guet-apens. Je vais crier.

MADAME BLAGFORD.

Silence! avez-vous peur d'une femme?

FREEPONK.

(Montrant les trois hommes et Blagford, puis regardant avec effroi le revolver et les carabines.) Mais je vois autre chose qu'une femme.

MADAME BLAGFORD.

Écoutez ma déclaration. Par traité, la moitié de Midas appartient à Blagford... Blagford m'a donc apporté en mariage cette propriété. Vous nous la refusez. Eh bien! j'ai déjà, moi, disposé de la part qui me revient (Mouvement de Freeponk.) grâce à une dose de poison exactement calculée et habilement administrée. A nous cinq, (On se range auprès d'elle et Freeponk reste isolé.) nous allons terminer l'œuvre... et quand nous aurons tué notre moitié... nous serons satisfaits...

FREEPONK.

C'est une atroce plaisanterie.

MADAME BLAGFORD.

Cela ressemble à une plaisanterie, mais c'est le plus légitime des actes. De quoi vous plaignez-vous? Nous ne toucherons pas à la moitié qui est la vôtre.

FREEPONK.

Oh! oh!

MADAME BLAGFORD.

Pas plus que vous n'avez touché à la nôtre dans les bénéfices.

(Freeponk fait un mouvement pour sortir.)

MADAME BLAGFORD.

Si vous bougez, Midas est mort... à moitié.

BLAGFORD, *saisissant le revolver de sa femme.*

Il est mort!

SCÈNE XVIII.

Les précédents. Madame **HARDYLIP**, entrant brusquement.

MADAME HARDYLIP. (*Elle pousse un cri en voyant Freeponk.*)

Ah! vivant!

BLAGFORD.

Très bien conservé... jusqu'à demain.

MADAME HARDYLIP.

Vous triomphez, grâce aux manœuvres infernales de votre femme!

MADAME BLAGFORD.

Je m'en vante!

FREEPONK.

Que dites-vous?

MADAME HARDYLIP.

Midas a des convulsions! Il est empoisonné!

MADAME BLAGFORD.

Rien qu'au quart.

FREEPONK.

C'était donc vrai!

MADAME BLAGFORD.

Je ne plaisante pas plus que mon mari.

FREEPONK.

Pauvre bête!

MADAME HARDYLIP.

Vous êtes sauvé du moins! — J'ai été menacée de deux malheurs en un jour! Oh! s'en prendre à Midas!... C'est une lâcheté.

MADAME BLAGFORD.

Allons, messieurs, un peu de compassion. — En avant! courons terminer ses souffrances.

FREEPONK.

Arrêtez!

MADAME BLAGFORD.

Marchons... ou signez!

MADAME HARDYLIP.

Signer... Quoi!

MADAME BLAGFORD.

Une obligation de mille dollars seulement... si Midas meurt; et de six mille s'il en réchappe.

BLAGFORD, *bas à sa femme.*

C'est trop peu.

MADAME BLAGFORD.

Laissez-moi faire.

MADAME HARDYLIP.

Il n'en reviendra pas.

MADAME BLAGFORD.

Avec un bon contre-poison pleinement administré.

FREEPONK, *désespéré.*

Il n'en reviendra pas!

BLAGFORD.

Vous n'aurez que mille dollars à débourser et je vous laisserai la peau.

MADAME HARDYLIP.

Sans cœur!

MADAME BLAGFORD.

Signez sans plus de discussion... Dans cinq minutes il sera trop tard... le contre-poison n'aurait plus d'effet.

BLAGFORD.

Voici une plume, mon cher associé.

FREEPONK.

C'est une signature extorquée.

BLAGFORD.

Il y a des témoins qui déposeront du contraire.

(Freeponk signe. Blagford, qui a suivi ce que Freeponk écrivait, s'empare de l'obligation.)

SCÈNE XIX.

Les précédents, **JOHN,** accourant.

JOHN, *à madame Hardylip.*

Madame, on vous réclame pour la représentation.

MADAME HARDYLIP.

Qu'on rende l'argent. Pauvre Midas!

JOHN.

Midas! Il danse; je ne l'ai jamais vu si fou!

FREEPONK.

Ah oui! avant de mourir on paraît souvent se ranimer.

JOHN.

Il est ressuscité, et bien vivant, je vous promets.

MADAME BLAGFORD.

Sans contre-poison.

MADAME HARDYLIP.

Mais comment! Que s'est-il passé!

JOHN.

Oh! c'est une drôle d'histoire qui m'a bien intrigué. Écoutez tous. (On fait cercle.) Figurez-vous que ce matin Midas a mangé des carottes.

BLAGFORD.

Voilà! c'est la carotte!

JOHN.

Un gamin s'est amusé à enfermer dans un de ces légumes quelque chose qui s'est, on ne sait comment, arrêté d'abord dans un coin de la bouche de Midas, puis avancé jusqu'au gosier. De là le mécontentement visible et ensuite les convulsions de Midas... mais tout à l'heure l'éléphant a paru se recueillir en lui-même et après deux minutes de réflexion, il a porté sa trompe à sa bouche et nous a présenté d'un air satisfait les *Mémoires d'un apothicaire*. (Tout le monde rit excepté Freeponk et madame Hardylip.)

MADAME BLAGFORD.

Le volume sera déposé au musée avec une étiquette particulière.

BLAGFORD.

Freeponk, voilà une histoire qui fera accourir bien du monde, et vous vaudra bien vite les six mille dollars que vous allez me compter.

FREEPONK.

Allons, madame... donnez-moi votre main pour que

je puisse, avant le rétablissement du maniaque Richman, présenter au public madame Freeponk... Ne vous refusez pas plus longtemps à l'impatience des spectateurs. Désormais Midas vous appartient tout entier.

MADAME BLAGFORD.

Complétement sain, sans aucun mélange de poison.

BLAGFORD.

L'affaire paraît terminée à la satisfaction générale... mais ce n'est pas sans peine... Malgré tout, je ne conseillerai jamais à personne d'apporter en mariage une moitié d'animal indivis.

(On entend de nouveau la grosse caisse et l'on sort en chantant :)

Sonnez, sonnez, grosse caisse et trompette,
Le lion du jour, le voilà ;
Venez, venez, et que chacun répète :
Le lion du jour le voilà,
Midas, l'éléphant de Java !

(Le rideau baisse.)

FIN

TABLE.

PARIS. — Imprimerie LACOUR et Cie, rue Soufflot, 18.

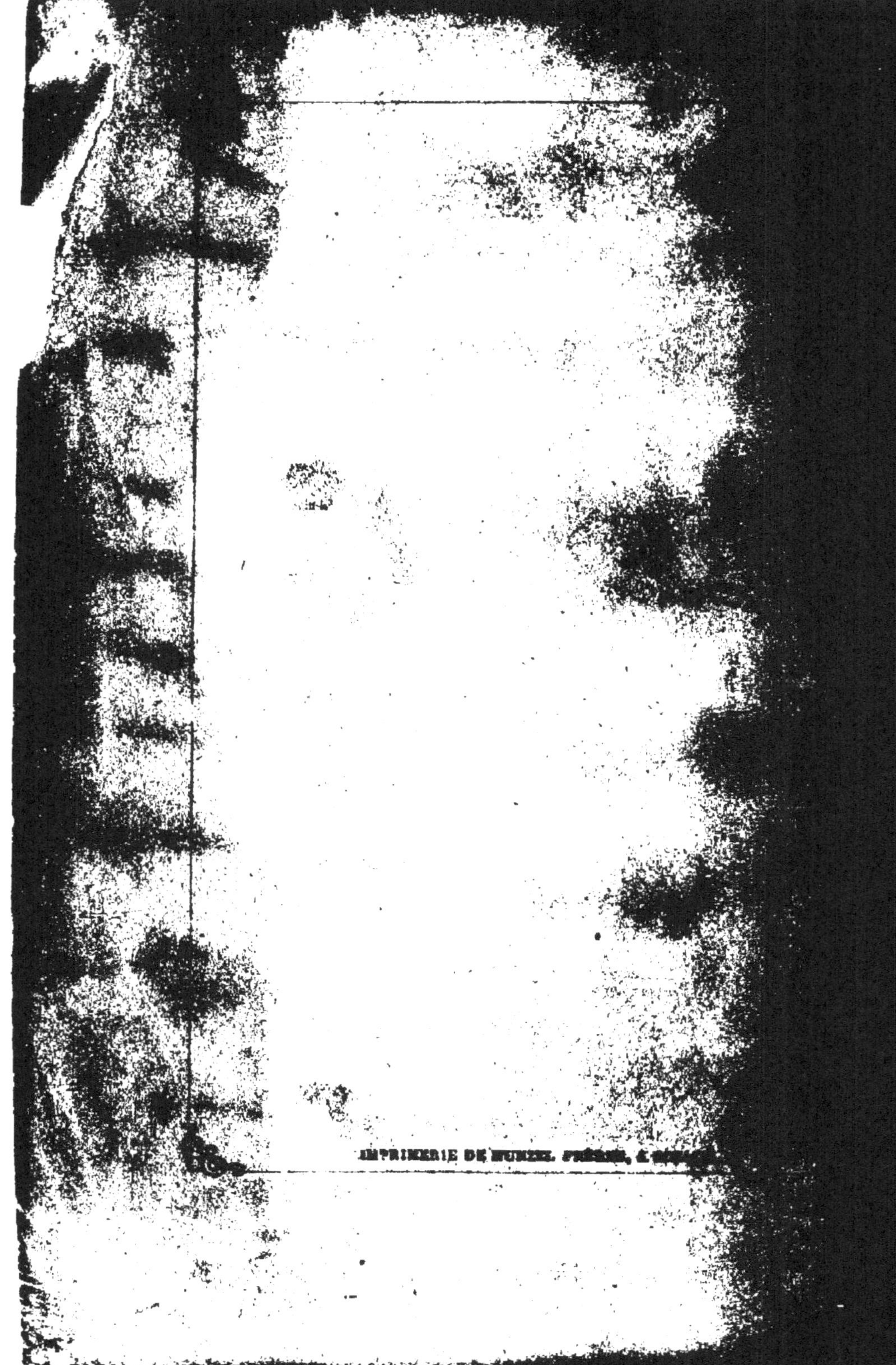

IMPRIMERIE DE [illegible]

www.ingramcontent.com/pod-product-compliance
Lightning Source LLC
LaVergne TN
LVHW012012220826
846092LV00001B/325